愛情懺悔錄

一位母親要給兒子講述的故事

融融 著

意蘊繁複的愛情 層疊無盡的懺悔
——融融《愛情懺悔錄》賞析

朱希祥

多年前，我曾較為系統地閱讀過中國留學生創作的各類文學作品，如江曾培主編的《中國留學生文學大系》（上海文藝出版社二〇〇〇年）中的一些篇什，也寫過幾篇小散論。但細讀深評過的作家與作品還未有過。

近日，佳作不斷的著名旅美女作家融融與我聯繫說，《愛情懺悔錄——一位母親要給兒子講述的故事》是她寫了很多年的一部與眾不同的長篇懺悔小說，即將出版，希望我喜歡，並能給予指導，云云。

我只是研究與教學文藝學的高校教師，沒有創作的經歷與經驗，不可能對作品進行什麼「指導」。故而只能以文藝審美的眼光與眼界，對融融的小說，「慢慢看，欣賞啊」（美學家朱光潛語）。

為了驗證自己的鑒賞範圍，我又邀請幾位有文學創作和評論經驗以及非文藝學專業的理工科的好朋友一起細讀作品。我們都被這部小說精彩的構思和深刻的立意所吸引，很快讀完了全篇。大家交流後，我也就有了以下的賞析文字。

一

從表面上看，《愛情懺悔錄》是一部寫多角戀愛的故事：出身貧寒男主角羅雲龍，從一個鋼鐵工人，逐步升為局長。文革中，他在報社實習時，愛上了同時實習的李小鳳。其後又因為小鳳留在報社，雲龍回工廠，自覺配不上小鳳而與她分手。其後，雲龍被高幹葉彬看中，招為女婿，成了女兒葉紅的丈夫。葉紅冷若冰霜，雲龍則惦念小鳳。小鳳去了美國，雲龍公出赴美，小鳳因相聚而懷孕。同時，小鳳與白人同事傑克由朋友發展至夫妻……由此而生發出甜甜蜜蜜、恩恩愛愛和離離別別、悲悲喜喜的委婉曲折的愛情與懺悔交織的故事。

但因作者濃墨重彩地渲染這以「情」為中心的戀愛起承轉合的過程、起伏與結局，於是，「有必不可解之情，而後有不朽之詩」（清・袁枚），波瀾起伏地演繹了一段刻骨銘心而又意蘊繁複的愛情。又因作者將層疊無盡的懺悔作為立意與內涵，使作品超越了一般的情愛故事，融匯了具有時代、社會、政治、人格、教育、宗教等意義的懺悔哲理，引發的不只是作者以往對作品所期望的「文化震撼」，更給讀者以全方位、立體化、多維度、更深沉廣闊的人生和人性的激盪與洗滌。

這恐怕就是作者曾經在接受採訪時經常強調的，創作需要靜思沉澱，更需要闊野遠視的感性顯現吧？

愛而不得所愛且忘不了所愛，是古今中外愛情作品人物安排、情節構思和情感鋪陳的主要技巧和內在架構。《愛情懺悔錄》也不例外。其間的差異與差距，只是在於這種「愛」和「情」外在的承載表現和形式變化，以及內在的意蘊積澱和深淺顯露的程度。

《愛情懺悔錄》中的愛情，作者精心構思、真誠立旨，而凸現出與眾不同、不同一般的特質與色彩。

小說用大約十萬字的篇幅，不僅將作為主線的羅雲龍、李小鳳、葉紅、傑克之間的青年至中年的愛情寫得層次清晰、曲折多變又委婉動人、美妙淒切，又把與此四人血肉相連、情感相接的父母、朋友乃至夫婦、中外之間的親子情、男女愛也書寫得頗具有特色與意味。這就將小說情節的「尺水興波」和「出人意外，在人意中」等的技巧安排得絲絲入扣、入情入理。

羅雲龍與李小鳳之所以愛得死去活來，是因為他們那段在報社近乎耳鬢廝磨的互幫互學的記者實習經歷，由一見鍾情到難捨難分，都建立在共同的工作崗位和理想追求基礎上，相互間的愛情清純美麗而使人動容。後因能力強的雲龍沒有留用，業務弱的小鳳反而留用。雲龍接受不了此間的距離，決意與小鳳分手，小鳳堅持不願離開，這種情感的張力造成兩人第一次的做愛，但仍分道揚鑣。接著就是雲龍與葉紅的無情無意的婚姻和小鳳去美國工作與基督教徒傑克的相識相愛，以及雲龍去美國，與小鳳舊情復燃，埋下了愛情的結晶。雲龍回國企圖與葉紅離婚，卻又知曉了葉紅曾被遺棄而墮胎的經歷，故而由厭惡到同情再摯愛戀。小鳳懷孕回國與羅、葉相聚，卻鑄成了羅的進退兩難和羞愧難當，飲酒過度而死。於是，小鳳再回美國與傑克結婚，葉紅出走尋短見，他們的父母因而數次暈倒住院……

這些緊密相扣又波瀾不斷的情節，既有一般的青年男女的精神與肉體間的情投與性愛，也有中老年人特有的父嚴母愛和數度萌發的感情糾葛，還有中西方不同的愛情觀、生育與撫養理念，以及宗教化的人生、人性、情愛方式的生動活靈的表現。小說通過不幸、爭競、突轉、懸念、拖延、發現、夢幻、災禍等的事件演繹和藝術技巧，將人物與人物、人物與社會、人物與政治，以及文化、生命與宗教之間的聯繫、矛盾、情感的產生與活動過程，揭示得既栩栩如生，又深沉深刻。由此構成了作品奇特精巧而意蘊繁複的愛情內容與情感主旨。

二

作品中蘊含的更多與眾不同和文化、文明的震盪與震撼，還是通過「美理念的感性顯現」（黑格爾語）——懺悔，呈現與揭示在讀者的眼前。

懺悔與感恩，原較多地表現在歐美的宗教文化活動和人生理念上。特別是懺悔——認識了以往的錯誤或罪過而感覺自身的痛心與悔恨，今天的中國人知曉和接受的這一心靈與精神的理念與表達方式，就知識階層而言，恐怕都與盧梭的《懺悔錄》和巴金的《隨想錄》有關。但眾所周知，盧梭的名著雖名為「懺悔」，更多的還是「控訴」與「吶喊」，即對被侮辱、被損害的「卑賤者」傾注了深切的同情。巴金的《隨想錄》則是他晚年寫作的一部雜文集，主題係直面「文革」帶來的災難，直面自己人格曾經出現的扭曲，懺悔自己的過錯與誤途。

現實中，筆者也曾感慨過這麼兩件有關懺悔的事件。一是前幾年，一些學者強烈要求一位上海的著名散文作家和文化學者懺悔在文革中的表現，因這位作家和學者文革中參與過市委寫作班子的邊緣組織活動；二是一篇報道說，有人遇到一個德國的普通民眾，他一直在為二戰給世界帶來的災難懺悔。別人對他說，那是希特勒的罪過。但這位民眾說，希特勒一個人不可能發動世界大戰，正因幾乎全體德國人的參與與支持，希特勒才會得逞一時！

這些有益的、有深廣度的理念與方式，不誇張地說，我們在小說《愛情懺悔錄》中都可以形象地感受到。不同的是，小說以虛構的人物與情節，既帶有多種對中國社會不公與錯誤的一些政策、策略、體制的怨恨、不滿甚而控訴與吶喊的背景性、襯托性的時代與社會的懺悔，又出之於各色人物（個人與群體）的個性所表現出形形色色、層疊無盡的精神與心靈的懺悔。這已超出只是要某一位人物懺悔的個人性格所致的狹隘觀念。

因此，隨著故事的演進和發展，我們看到了羅雲龍在與小鳳分手後，讀到報社一個與他經歷相似的年輕記者病死的消息而感慨：「老天呵，如果讓我重新活一遍，我決不活得像現在這樣。我一定把愛放在第一位！人生在世，怎麼能沒有愛？沒有愛，等於白活了呀！」到美國與小鳳相聚做愛後，又直接對小鳳說「我對不起你」「我們應該受苦，應該受到懲罰。」小鳳懷孕後回國，雲龍在接她的路上，又想「把一切都告訴她，請求她的原諒。」賓館裡，小鳳睡著了，雲龍跪在她床前，說，「小鳳，我對不起你，你在夢裡哭。」……雲龍的這些懺悔，在男女情愛中，令人同情與惋惜。但情景還是比較常見，還不足以顯示懺悔的深廣度。

同樣，小鳳對雲龍（導致他死）、對傑克（如此愛她卻不顧其感受）的懺悔，以及葉紅後來對雲龍的懺悔，也基本與雲龍的懺悔是基本相同層次的，但已有累加與添彩的效果。

而葉紅父親發現葉紅失蹤後又找到時，所表示的老天「有眼啊，聽見我的懺悔，把女兒還給我了。」以及傑克看到小鳳的孤獨淒涼神情而表示自己的錯，請求小鳳原諒。等等，這些已不完全與前面幾個人的懺悔等同了。所以，小鳳心裡會想，「兩個男人都愛自己，為什麼雲龍總是比傑克矮了一截？」

特別值得關注的是，小說在談及社會與時代背景時，一直忽隱忽現地寫到作為高級幹部的葉紅父親葉彬的多重懺悔，他父親被錯劃地主後被砍頭，懸城門示眾，他卻身在革命隊伍中。以後，自己被審查和受迫害，卻又去利用各種機會出賣與迫害其他人。這才是他們這樣的一夥人真正需要懺悔的。

臨近結尾，小說特意寫了兩個側面。一是那位葉彬的老秘書，因為以前在各次運動中出賣與迫害過不少的好朋友，如今則想「去教堂，信了上帝，求神原諒他。」他還想與葉彬一起，成立一個資助右派後代和家屬的基金會。葉彬與其不謀而合，想拿自己工資的一半去資助一些曾受他迫害而過世部下的家屬。他對女兒說，「他們是好人，……他們沒有錯，被爸爸打成右派，在監獄裡死了。」他因此而覺得生命有了意義。「活著就能贖罪，活得越長越好。」

這樣的一種懺悔意識與懺悔行動，不但不同於魯迅筆下的祥林嫂那種封建迷信式的贖罪，也已超越了那些個人性的後悔、失悔、懊悔、嗟悔、悔恨等等，而隱約地暗示與彌補了我們國家與社會對在歷次運動中所造成的人間悲劇的失策與損害。當然，畢竟是個性化的小說作品，不可能解決真正的社會與政治問題，所以，這種懺悔既深刻尖銳，又層疊無盡。

三

雖然，小說的標題特別是副標題，不夠含蓄而直露了點。其中葉紅在車站遇到的一對母女和在醫院遇到的老護士，都有死去的父親和丈夫，也覺情節有點太過與太巧了。

但讀《愛情懺悔錄》，還是會讓人聯想到南宋詩人陸遊與原配唐氏（一說為唐婉）的愛情悲劇經歷，以及由此創作的流芳百世的詩作《釵頭鳳．紅酥手》：「紅酥手，黃縢酒，滿城春色宮牆柳。東風惡，歡情薄。一懷愁緒，幾年離索。錯，錯，錯！春如舊，人空瘦，淚痕紅浥鮫綃透。桃花落，閒池閣。山盟雖在，錦書難托。莫，莫，莫！」

《愛情懺悔錄》幾乎是延伸性的現代版的「沈園懷舊」詩篇。

現代的這種「錯，錯，錯」和「莫，莫，莫」更多地體現在社會價值觀、人生觀和愛情觀等的扭曲、變形與異化上。所以，我的朋友讀完《愛情懺悔錄》後認為，這是一個淒美的、殘酷的愛情故事，實際是一個畸形社會的一段畸形愛情的紀錄。……愛情應該是人類特有的一種非常美好的感情，現在已經面目全非了。一個不正常的社會，還能有「美好」二字?!作者的描寫（如記者的逆向淘汰，有水平的老一代被擠走，高中生當道，高中生又被初中生擠走等情節）非常恰當，真實地反映了那個時代的面目。

小說雖沒有用大篇幅直白而明確地表現出這些理念和畫面，但已很藝術化地含蓄而側面地勾畫出那個時代獨特的一些主要與次要人物的遭際、社會的關係、政治面目等，還是讓我們有點不寒而顫、心生芥蒂。例如：

作品前半部寫到的那位圖書館女管理員姚老師，因與經常去看書的羅雲龍有所接觸，文革開始，姚老師就自殺身亡了。「罪名是，引誘男青年，有不倫之戀之嫌。這個男青年就是羅雲龍。」對於文革中的極左思潮，作品有這樣一段話：

> 有一天，父親悄悄地對母親說，工人是被利用的。雲龍睡在床上，馬上用被子蒙住頭。父親的話要是被人聽見，足夠被抓蹲監獄。他假裝什麼都不知道，回到了紅彤彤的鋼水旁。心裡想，當工人，就是做工，就是辛苦，怎麼說還是有用的人。不像報紙上宣傳的那樣，把工人階級捧上天，男工回家沒有好菜好酒，女工沒有漂亮的衣服。結果卻是一場空。

文革過來的人都知道，如此的「反動語言」，「抓蹲監獄」是輕的，很可能就此會掉腦袋！於是，羅雲龍便以慵懶、與世無爭和無所作為的行為應付一切，並不時地寫幾句高大上的所謂工人詩歌，結果，加上攀上了高幹葉彬，因而除了先前報社沒有留他外，後面的路程反而一帆風順、步步高升，直至被任命為局長、總經理等頭銜。

羅雲龍、李小鳳、葉紅、傑克的愛情悲喜劇，也是在這種社會環境與氛圍產生與演變，自然也極為扭曲與畸形。

作品的結尾，融融還是發揮她跨文化比較與溝通的特長，借小鳳的美國朋友、丈夫傑克之口，道出了小鳳的解脫之路和愛的真諦所在：

> 傑克相信，禱告來自眾人的心田，其力量能夠穿透雲層，抵達天堂。但是，小鳳沒有信仰，也不知道禱告是怎麼回事。過去在中國，把人當作神的日子裡，她也是局外人。唯一相信的是愛情，現在對愛情也不相信了。她還能相信什麼？
>
> 傑克帶美國朋友來探望小鳳，有老媽媽也有小妹妹。南希七十多歲了，手舞足蹈，出口成章，談吐舉止像在表演節目一樣。她對小鳳說：一點燭火經不起晃動的空氣，哪怕是輕輕的一聲歎息。姑娘的光明亮在心裡，心裡的燈火永不泯滅。詩歌的語言，鮮活的性格，出現在老人家身上，小鳳不能不刮目相看。她們口口聲聲說主內的兄弟姐妹，小鳳覺得這個稱呼很新鮮。那意味著沒有輩分，沒有血緣的區別，都是相親相愛的一家人。

這些帶有基督教的濃重氣息，彌漫在整體的敘述中，給小說既增添了亮色，又顯現出神祕。作品細繪出小鳳從似懂非懂到基本的皈依，雖然一般的中國人對此並非全信與全懂。但作者的意圖很清楚，她始終認為，華人作家應具有文化「重構」的自覺，在寫作中體現生命的「個性」與「融合」。華文文學只有吸取外來的酵素，才能變幻出「新態」來。

閱讀與欣賞《愛情懺悔錄》，如能得到這樣的一些啟示或啟迪，那收穫就頗豐了。

朱希祥，男，一九四八年生，浙江諸暨人，華東師範大學國際語言文化學院教授、博士生導師，從事文藝學、美學等專業的教科研。

目次

引言

她覺得，這部二十年前寫的小說，現在可以公諸於世了。

愛情懺悔錄：一位母親要給兒子講述的故事

一

男人的中指關節輕輕地叩擊秘書的辦公桌面。

「上午不接電話。」說話的人西裝筆挺，風度翩翩。

「是，羅總。」秘書仰頭笑著望了他一眼，正想張口寒暄，裂開的雙唇馬上合攏。今天的羅總經理神情有點凝重，眼睛似乎被煙燻著了似的半開半閉。秘書想，可能有重大的事宜需要處理。

羅總右轉，朝自己的辦公室走去。走廊上靜得出奇，只有一個人。燈光泄下來，腳跟後面拖著長長的人影，腳步又沉又重。開門後，他往沙發上一倒，光滑閃亮的黑色軟皮沙發露出很多皺紋。沙發就在門旁邊。他闔上眼簾，只聽見「啪」的一聲，辦公室的門自動關閉。昨晚的畫面在眼前轉動。公司的慶功會，酒店的宴會廳，煙霧騰騰，杯盞交錯，人流如織，乾杯聲浪不絕於耳，都說要敬一敬總經理。他有好酒量，一杯接一杯，灌足了，去解手。走廊很長，牆上掛著油畫，田園風光，好像一扇扇窗口，送來清冷的空氣。他走得迷迷糊糊，只聽見腳下踩出擊鼓的聲音，回聲四起。突然，耳旁響起了一串女人的笑聲，明朗清亮。回頭望去，後面沒有人，只有自己的影子。繼續往前走。一腳跨出去，他的心跳到了喉嚨口。不遠的前方，一個女人的身影，一晃一晃。那小巧的身材，那輕鬆的跨步，那滿不在乎的揮手，……即刻把他的思緒拉成繃緊的弓箭，牽著他的心

「呼呼」射出去。他只覺得全身的血液沖向腦門，急急忙忙追啊，小跑步，結果撲個空。他怕自己醉了，產生幻覺。走進廁所，解開拉鍊，站在便池面前，怎麼連排尿的感覺都消失了？他開足了水龍頭，「唰唰」往臉上沖，頭髮濕了，水珠順著脖子往下流，胸前的襯衫都是水跡。可是，怎麼沖也沖不走那個背影。他沒來得及擦手，趕快出來，站在門口等。

男廁所在通道的盡頭，他靠在牆邊，點了一支煙。穿堂風冷颼颼地撲過來，退回去，一來一去，吹乾了臉上的水珠，捲走了體內的酒精，還給他一對清醒的眼睛。走廊上空空蕩蕩，什麼人都沒有。他確信自己看錯了，回廁所扔了煙頭，找回了排尿的感覺。完事後，拉開廁所的門，就在一腳跨出去的時候，女廁所裡出來一個女人，穿一身藏青的制服，瞥了他一眼，扭著腰肢逕自走了。他瞪圓了眼睛，大喊一聲：「小鳳！」追著女人的背影，一邊叫著女人的名字。他跑得氣喘吁吁，一個箭步，跨到了女人面前。

「小鳳，我是雲龍，羅雲龍！」他的聲音分了岔，沙啞得像哭泣。

女人投來好奇的眼神。對視，陌生的眼神，他的臉色變得非常難堪。

「噢——」他抬手遮住下半個臉：「對不起，太像了，看錯了，真對不起！」

「雲龍？」女人笑了，「羅雲龍？」

「是，我是羅雲龍。」

「哈，這麼巧，我是小燕，你不記得我是誰了嗎？」

「小燕，難道你是小鳳的妹妹？」他知道小鳳有個妹妹，從來沒有見過。「小燕，你長得很像你姐姐。」

「人家都說我們像雙胞胎。」

「她……，你姐姐好嗎？」

「不錯呀，在舊金山教書呢。」

「教書？」他吸了一口氣，「你……，你們怎麼聯繫？有沒有她的電話？」

「有哇。」小燕的手伸進了挎包，猶豫地瞅著他問：「姐姐沒有告訴你嗎？」

「丟了，找不到了。」他沒有電話號碼，不假思索地編織謊言。

「你等一等。」小燕從包裡找出筆記本，嘩嘩地翻著。「在這裡，四一五，七六三，九二八〇。」

他重複地念著，一遍又一遍。他有過目不忘的好記性，誰都佩服。可是，這時，他沒有信心。他想把號碼寫在手心裡，怕出汗。想回廁所取手紙，匆匆退了幾步，又怕小燕等不急。他戰戰兢兢，手足無措，差點兒準備寫在白襯衫的袖口上。只見小燕撕下一頁白紙，寫上姐姐的號碼和地址，遞到他手裡，擺擺手，離去了。

「小燕——，」他對著女人的背影喊，聲音就像一條細細的繩子，能把風箏牽回來。小燕停步回頭，他揮揮手說：「沒事沒事。」其實，他想跟小燕說點什麼。但是，沒有語言可以表達。他鄭重地把紙片折成小方塊，放進襯衫口袋。小燕的嘴巴動了動，他沒有聽見。

回宴會廳的路上，他腳高腳低，好像站在搖晃的船上。原路退回。他停在一幅油畫旁，頂燈撒下柔和的燈光，他從口袋掏出那張紙，生怕那些數字不翼而飛。他測試自己的記憶力，嘴裡說著：「四一五，七六三，九二八〇。」打開白紙，一層再一層，裡面的數字一個不錯。他會心地笑了。他的靈魂已經飛向遠處，眼睛裡只有電話號碼，一串簡單的阿拉伯數字，卻在在腦袋裡張牙舞爪，越來越大，彎彎曲曲，上上下下，像是開車在顛簸的山路上，一會兒往左，一會兒轉右。他感到頭暈，想吐，有塊石頭堵在胸中。……

他不記得後來發生的事情。睜開眼睛，只見床邊坐著他的妻子，黑黑的長髮擋住半邊臉。每當這個時候，他總是看見半個臉的妻子和黑黑的頭髮，一黑一白很對稱，好像一個完美的符號。這些年來，他一直在酒精和符號之間循環。胃裡翻江倒海，他想吐，大聲喊道：「酒……，給我白蘭地。」白蘭地酒瓶就在床邊櫃的抽屜裡，觸手可及。這是妻子為他準備的，從來不曾疏忽過。他從纖細白嫩的手指間接過酒杯，一口連一口地灌。終於，一陣痙攣，大口大口地嘔吐，身體扭曲著，趴在床沿上。地毯上有個白色的塑料桶，也是妻子安排的。等他吐完之後，一切歸於正常，絲毫不留痕跡。空氣中濃濃的酒精和腐食臭味很快被刺鼻的人造香霧驅逐覆蓋。

二

這個上午，總經理辦公室的門一直緊閉。他的腦袋重得往下垂，胃中隱隱作痛。也許該吃東西了。空著肚子來上班，不覺得餓。咖啡，茶水？還是點心？他舔了舔嘴唇，也不覺得渴。也許應該活動一下？他站起身來，把皮椅往身後一推，走了幾步，回頭看電腦螢幕，藍白的光暈好像濃濃的記憶穿過他的眼睛，湧向心口。他回到電腦前，坐了下來。仰面朝天，靠在軟軟的皮椅上，手指貼著扶手，摸來摸去，彷彿想抓住什麼東西。他轉了半圈，背對螢幕，對面是一堵玻璃牆，往外看。辦公樓下車水馬龍，樓影蓋在馬路上，輝煌的陽光，凝固在天，就是撒不下來。他把窗簾拉攏。房間裡只剩下了一團銀色的光環。周圍的牆壁窗戶書架辦公桌椅都被黑色的濃霧吞噬，空間突然變得無邊無際。一個清瘦的小男孩在夜色中朝他走來。讀書去的路上，沿途都是農田和平房，遠處矗立著高大的煙囪，迎面飄來墨色的煙霧，那個時候不懂什麼叫污染，只覺得煙囪雄偉，氣勢非凡。父母都是煉鋼廠的工人，收入微薄，要撫養爺爺奶奶，他和兩個弟弟。從小懂得讀好書，才是窮人的唯一出路。識字看書就是多長了眼睛，多長了雙腳，能夠跑到身外的陌生世界。每天他下了課就去圖書館，一直讀到肚子咕咕叫，才依依不捨地離開。其他男孩子跑步踢球打架，他沒有興趣，保持了每門功課都是滿分的記錄。老師說，只要這樣讀下去，他必能出人頭地，將來有一個光明的前途。後來，鄉下的祖母病了，家裡急需要用錢，初中未畢業他不得不輟學，進工廠當了學徒。為此，他哭濕了枕巾。

每天在熊熊烈火旁受灼烤，高挑淨白地進去，蓬頭垢面地出來。用苦力換錢，周圍的師傅們都覺得可惜。可是有什麼辦法呢？窮人家的孩子，被埋沒掉的何止他一個？委屈的種子長在幼嫩的心裡，沒有希望，沒有出路，一身臭汗。母親說，工廠也有圖書館。父親說，圖書館在總部，要走很多路。一天下來很累了，早點休息。他只聽見母親的聲音，父親的話從另一隻耳朵出去了。圖書館並不大，好像一個會議室，只有一個工作人員，中年女人，稱自己是「書蟲」，沒有別的人生樂趣，只要有書看。雲龍以為自己也是，不論颳風下雨，一天不差，每天在圖書館坐一個小時。管理員姓姚，雲龍叫她姚老師。管理員確實是雲龍的校外老師。每天都有好書向他推薦。多讀詩歌，短小易記。少讀長篇小說，你花不起那麼多時間。短篇比長篇難寫，都是精華。這些話讓雲龍受益終身。後來他獲知，姚老師追求書中描述的浪漫愛情，夢想在現實中破裂，終身未婚。

一年後，工廠的圖書館關門，姚老師杳無音信。沒書看，雲龍就像丟了靈魂一樣。週末，他去學校圖書館，發現學校關門了，課都停了。同學中有的沒事幹，搞打砸搶，變得像流氓一樣；有的灰溜溜地東躲西閃，好像階下囚；還有的成了英雄好漢，腰裡紮著寬皮帶，手臂上套著紅袖章，在人堆裡串來串去，威風凜凜。老師和校長遭批鬥，有知識的都被打翻在地，知識變成了毒草。學生上山下鄉，統統被趕到窮地方去接受教育。而他則成了工人階級的一員，留在城市，再苦也不用離開爹娘，被同齡人刮目相看。

他去工廠的讀報欄，上面的黑字，大如拳頭，「打倒」「砸爛」「資產階級」，好像手榴彈一樣，一碰即炸。毛主席一說話，就用大紅標題。他的父母熱愛毛主席，熱愛新中國，因為有飯吃，看病不要錢。師兄脾氣倔強，以前與車間主任頂撞而被取消了升級加薪。這時響應毛主席號召，一馬當先，當上了「總司令」。活也不幹了，整天在臺上主持批鬥會。工廠的大道上到處都是大字報，師兄點名點姓，把領導的名字倒寫打叉。誰敢反對，就是反對毛主席。師兄給他墨水毛筆和床單一樣大的白紙，要他把口授的內容用文字寫出來。看著那一疊疊免費的白紙，堆得比人高，任憑他揮毫潑墨，他二話不說，一口答應。每個字都寫得中規中矩，清秀端正，還把多餘的白報紙裁剪成大小不同的筆記本，天天寫日記。

鋼廠裡工人分成兩派，以往客客氣氣的同事拉下了臉面，鬥爭成癮，像仇人一樣。父親回來歎氣道，「這樣鬥下去，我們吃什麼？」經過了六十年代的饑荒，父輩們最怕餓死人。母親說，「雲龍，你回去煉鋼。不要像個二流子那樣，遊手好閒。」他正納悶，分不清兩派中哪一派正確，都打著毛主席革命路線的旗號。電臺裡老是說著重複的話，「工人階級老大哥」，「知識分子臭老九」。可是，怎麼解釋工人之間互相鬥爭。那些天，他常常在半夜裡夢見自己在爬圍牆，後面有人追，隨時可能跌下來。有一天，父親悄悄地對母親說，工人是被利用的。雲龍睡在床上，馬上用被子蒙住頭。父親的話要是被人聽見，足夠被抓蹲監獄。他假裝什麼都不知道，回到了紅彤彤的鋼水旁。心裡想，當工人，就是做工，就是辛苦，怎麼說還是有用的人。不像報紙上宣傳的那樣，把工人階級捧上天，男工回家沒有好菜好酒，女工沒有漂亮的衣服。結果卻是一場空。

師兄輕信了革命和暴力，清理階級隊伍時，鋃鐺入獄，嚇得雲龍出一身冷汗。幸虧聽了父母的話，回到煉鋼爐旁，否則難逃受懲罰的命運。沒書看，他就練筆。空下來，寫點東西。從記日記到寫詩歌，給了他不少快樂和滿足。到了春節，他常常想著自己的同班同學，遠離親人，在邊疆苦得連肚子都填不飽，過年想回家買不起火車票。這種感覺，日積月累，他的臉上真的有了光彩，連腦子也較前好用了。

三

有一天，雲龍走進工廠的大門，迎面遇到一個白髮蒼蒼彎腰駝背的老大爺。

請問，你就是天天去圖書館的羅雲龍嗎？

我是羅雲龍，圖書館關閉了，我早就不去了。

老人微微顫顫地從口袋裡取出一個信封，環顧左右，輕聲說，不要給任何人看見，躲在廁所裡看。說完轉身就走。雲龍怔了怔，以為是兩派之鬥，有人遞給他一封恐嚇信。他拿著信封，不敢拆開。信封的正反兩面，他翻來覆去看了看，竟然一個字都沒有。他把信封舉過頭，對著陽光照了照，裡面確實有封信。寫給我的信，為什麼沒有我的名字？也許老人搞錯了？也許是師兄從監獄裡傳出來的「密件」？轉而一想，老人提到了天天去圖書館，只有姚老師知道自己天天去圖書館。圖書館已經關閉了兩年了，她現在在哪裡？

他躲進廁所，迫不及待地打開信封。信並不是姚老師寫的，卻告訴了他一個不幸的消息，姚老師已經自殺身亡。罪名是，引誘男青年，有不倫之戀之嫌。這個男青年就是羅雲龍。她失去工作以後被安排在清潔部門，每天和被打倒的「牛鬼蛇神」一起打掃廁所，受盡侮辱，折磨她的就是師兄組織的造反派。

雲龍的眼淚禁不住嘩嘩地流。他後悔自己退出了造反派，對這個莫須有的迫害一無所知，否則，一定能救姚老師的命。現在造反派垮臺了，姚老師卻死了，誰給她平反昭雪？寫信的人沒有落款，從口氣中看得出是姚老師的長輩。可能就是今天遇到的老人。他真想跪在老人面前，告訴他，姚老師是天下最純潔最熱心的好人。寫信人對雲龍沒有任何要求，只是告訴他，這個天天去圖書館的年輕人曾經給姚老師帶來很多快樂。

於是，圖書館裡的一幕一幕，溫馨而喜悅的場面，常常出現在雲龍的夢中。他曾經問姚老師，你看了那麼多書，有沒有想過要寫點什麼？有沒有想成為作家？你為什麼不寫小說？姚老師笑笑，沒有回答，雲龍卻萌生了當作家的念頭。以前在學校裡，老師也鼓勵他向校報寫詩投稿。他對姚老師說，我以後寫點什麼，你要多指點。姚老師還是笑笑。她的眼神是鼓勵他寫作的。得知姚老師去世後，他心潮翻滾，拿起筆寫了一首詩：

乾枯的泥塘
寸草不生
濛濛春雨眷顧它
潤物無聲
寄宿的種子

死而復甦，
纖細腰肢迎風吹
暢笑開懷
……

有一天，報紙上發表了向工農兵徵稿的消息。雲龍站在讀報欄旁，望著工廠高大的門柱，彷彿看到一個巨大的油畫鏡框，便從口袋裡拿出鉛筆，寫下幾行文字。沖天的煙囱，蒼勁的毛筆，工人的大手在天際潑墨成畫！他把鋼水比作活生生的火龍，時而抬首，時而屈身，時而奔騰跳躍。他寄給了一家報社，讚揚鋼鐵工人頂天立地，用雙手撐起了國家的脊樑。信寄走以後，他天天去讀報欄，伸長了脖子仔細查看。一方面，他是那麼地認真，那麼地期盼，另一方面，他畢竟是個孩子，半真半假，半信半疑地投著玩玩。即使不被發表，又怎麼樣呢？本來，就是練練筆麼！他連父母都不告訴。想不到，報紙真的對工人階級高抬貴手。他的詩不僅登了報，還被邀請去編輯部談體會。

車間主任復職後，對造反派耿耿於懷，狠狠地收拾一番。該抓的都抓走，該懲罰的一個不漏。唯獨沒有對雲龍下手，一是雲龍早就退出造反派，二是看在雲龍父親的面上，手下留情。這天，他對雲龍說，「下星期一不用來上班，給你一天公假，坐車去市中心的一家報社參加會議。」主任手裡拿著報社來信，說道，「地址電話都在上面。」雲龍等不到下班，中午時分拿著信跑到母親工作的食堂裡，咬耳朵告訴這個好消息。母親竟然聽不懂。

「為什麼領導不去，讓你代替？」

「我的詩歌發表了，在報紙上。」他大聲說。

頓時，聽見的人都投來驚奇的目光。母親紅光滿面，趕緊說：「真的？我的兒子寫詩歌？我的兒子有出息了！」母親給了他一個白饅頭，他一邊跑步一邊吃，趕回車間去上班。下班後，母親帶雲龍買衣服。一件新襯衫，要花費母親一個星期的薪水。晚上睡覺前，母親囑咐他把乾淨的褲子折疊好壓在枕頭底下睡覺，第二天兩條褲縫筆直如線。

報社的大樓是解放前洋人開的旅館，玻璃門上裝有彈簧，得用力氣才能推開，然後自動彈回去。大門的門衛彬彬有禮，看了信，有人為雲龍開電梯，不用走路，把他送到五層樓。這是他第一次坐電梯，也是第一次坐在有文化的人中間，激動得話也說不出來。他捧著茶杯，只知道喝茶。茶葉很嫩，捲曲的尖葉在開水中慢慢地舒展，苦中帶甜。

小試成功，他得意洋洋，時不時，寫幾首通俗的詩，編幾個英雄式的故事。文字上，小學五年級的水平足足有餘，殺雞用牛刀，工人階級看不懂呢！反正，他下筆隨意，直來直去，用的都是工人的口氣。結果，投出去的稿子幾乎全被登了出來。那篇紀念姚老師的「春雨」還得了詩歌比賽第一名！

父母親為此笑得合不攏嘴。他們雖然識字不多，卻花錢買了報紙，橫看堅看，因為上面有羅雲龍的名字。師傅們的眼神看上去比以前亮了些，叫他「小秀才」。車間主任也對他刮目相看，稱讚雲龍走正道，給工人爭了光。羅雲龍抓搔著腦袋，不好意思地笑了。後來報上冠以他「工人作家」的稱號，一個未讀完初中的青年，愛讀書愛動筆，就這樣出了名。雲龍寫得更加勤奮，也越加有了名氣，他的眼界也越加高了起來。冥冥中，他預感到，將來，總有一天，羅雲龍要向煉鋼爐說再見。沒料到這一天比他想像的快得多，他被選中去報社實習。工廠組織部找他談話，告訴他，這是工人階級的光榮，人走了，不要忘記工人階級的傳統。

他後來得知，當時報社的老傢伙都被掃地出門，有的被關了「牛棚」，有的被送到農場去承受皮肉之苦。報社人手短缺，由市委發文，招收「新鮮血液」。知識界的「新陳代謝」從六十年代就開始了，專門到工廠，農村，農場，兵營挑選聰明而沒有閱歷年輕人，補充新鮮血液。「文革」初期招收了一批出類拔萃的高中生，大多感恩戴德，「文革」一開始，成為趕走老知識分子的打手。這一次，再招一批年輕人，不要大學生。羅雲龍真的賺足了工人階級的便宜。

四

上大課的時候，所有的實習生濟濟一堂，個個又漂亮又能幹，他們中的尖子就是未來的記者。新聞記者要揣摩中央的意圖，不能隨便塗鴉。實習生的文章都要經過審查，未必每一篇都能登報。羅雲龍來自工廠，快速地與一些大企業的辦公室秘書們建立聯絡網，哪裡出了新產品，哪裡有好人好事，隨時得到線索，一篇又一篇地登出來。那時，寫新聞不署名，只有在報社內部，誰的產量高，誰的文章好，心知肚明。遊刃有餘，羅雲龍打起了女孩子的主意。工廠裡的女孩子再漂亮也是苦力一個，他看不上眼。這些未來的女記者，有的精幹，有的樸實，有的投機鑽營。報社就像一張賭台，輸贏如何，自己毫無把握。實習生的臉上暗藏著殷殷期盼的焦慮神色，只有一個女孩讓雲龍看了開心，娃娃臉，小鼻子，大眼睛，櫻桃嘴，頷下深深的一對笑渦，像個用糖捏出來的大孩子。她總是笑眯眯的，雲龍喜歡她的笑容。後來知道她的名字叫李小鳳，竟能與自己的名字配對。

大課堂也是實習生的工作室。他喜歡上課，李小鳳也是一課不缺，坐在他的後面。下課後，她留下工作，他也不走。她走了，他遠遠地跟著她。有時去食堂裡，有時資料室，他的腳不聽自己使喚，只聽李小鳳的。實習生白天各奔東西，晚上回來寫報道，都十分投入，生怕跟不上形勢。只有李小鳳，整天跳跳蹦蹦。準確地說，活得與自己不同，而這份不同，在別人眼裡好像有些傻呼呼，卻正是他心裡缺少的，是他一直嚮往的。他知道自己活得不踏實。這個不踏實，其實從父親說「被利用」時就開始了。他們是來頂替那批早到的高中生的。他們不是被利用的嗎？我們的後面將是誰？哪一天也被趕出去？但是，他被小鳳迷住了，管不了這麼多。他為小鳳捏把汗，報紙上不高產，也未見突出的好文章，早晚要被淘汰。他最喜歡看李小鳳坐在燈光下專心致志的神態，她的坐姿，五官，脖子和肩膀都顯得那麼優雅得體。這種神態給他希望。他是希望小鳳將來能夠當記者的。好幾次，他想走過去，與她聊天，但是，只是短暫的衝動而已，沒有勇氣站起來。終於，有一天晚上，別人都走了，小鳳還在看報紙。

「李小鳳，這麼晚，還不回家？」

「嗯。」她抬頭，黑眼珠子轉了轉，兩條細眉揚了揚。

這是他們倆第一次單獨相處。他坐大教室的中央，小鳳的桌子在門旁的一個角落裡。此刻，檯燈照著她，那個角落格外亮。他走到了門口又折回來，心神被角落的光攪得像一團亂麻。走回寫字臺，他把抽屜開了又關，關了又開，一個挨著一個，裝著找東西的樣子。他想找一個途徑讓自己平靜下來，沒想到越掩飾心越亂。

「讀什麼呢？」

「我寫的第一條消息，其他報紙的記者寫得更加生動。」

「你指哪篇文章？」他說這句話的時候，身體往前傾。但是，一說出口，又覺得問了一句廢話。她不是說了麼，她寫的那條消息。難道你沒有聽懂？他的臉燙了起來。

「你過來看看。」小鳳眯著笑眼，向他招招手。

他的眼神凝聚在小鳳的手上，那張玲瓏的玉手，指縫間夾著金燦燦的光芒，他的心就這樣被她的手牽走了。雲龍拖了把椅子，假裝無所謂的樣子，一點一點地移過去。

小鳳見雲龍過來，馬上挪動自己的位置，讓他坐中。搬來了救兵，她喜形於色。她的面前攤著兩份報紙，她說，同樣的消息，介紹工業新產品，另一份報紙的報道活靈活現，她的消息寫得平淡如水。

雲龍給她解釋，新聞的價值不僅在新聞的本身，還在於背景的運用，與現實的聯繫，表現的形式，導語的選詞，還有標題。雲龍講解時，全神貫注，線條分明的嘴唇有力地一張一合，邃亮的眼睛閃著聰穎的光芒。小鳳聽著聽著，舒眉展眼，心中一樂，眼光變得頑皮起來，在他的臉上跳來跳去，好像在說：嘿，原來寫新聞也有規律可尋。謝謝你，你真夠朋友，你為什麼要幫助我？

他在解釋新聞寫作，也在解讀她的眼睛。他越說越來勁，連自己都弄不清從哪裡學來如此豐富的專業知識。他好像一個演員，在舞臺上澈底進入角色，根本不需要思考和琢磨，臺詞自然而然地從嘴裡滾出來。他的眼神變了，由光變成了水，又含蓄又柔和，山泉一樣潺潺地流。

「你叫什麼名字？」小鳳注目凝視。

「羅雲龍。」他彬彬有禮地答道，「雲中的一條龍。」

「嘻，一條龍，一隻鳳，怎麼這麼巧？」小鳳笑著說，說時無心，說完嚇一跳。臉上的笑容沒來得及收回，眼簾羞澀地垂下來。

聽她這麼說，雲龍的臉也跟著紅起來。真奇怪！第一次聊天，兩人的眼光都帶著電。他趕快把目光移向別處。屋頂上，一排挨一排的日光燈，本來，青白如雪，冷冰冰，硬繃繃，這時好像沐浴在太陽光下，暖洋洋，樂融融。

「你沒想一輩子和泥巴打交道吧？」雲龍問道。

「嗯。你說什麼？」小鳳在想心事。

「我說，你沒有想從農場裡跳出來？」

「農場也不錯哇，我這個人沒有遠見。」她低頭微笑，臉上的酒窩更加可愛。

「和泥土打交道，有什麼好？」

「哎呀，泥土孕育生命呀！一顆種子埋進泥土就活了，多麼神奇！」

小鳳的喜悅羅雲龍一點不明白。他不願意永遠當工人，他知道自己是塊當記者的料。

「你難道不想當記者？」雲龍著急了，不由自主地伸出手臂搭在小鳳的肩膀上。當他發覺後，手臂重得搬不動。

小鳳也僵住了，只顧望著地面，黑長的睫毛一抖一抖，如舞動的裙邊。

「我恐怕不行。」她的聲音輕得像蜜蜂裝在一個封口的瓶子裡。

「我幫你，你要有信心。」

「嗯。」她答應著。

「你保證。」

「保證什麼呀？」小鳳側眸反問他。

視線一接上，距離竟然這麼近！雲龍即刻抽回了手臂，抓起椅子，搬回自己的寫字臺，好像一個失敗了的逃兵。他要她保證什麼呢？他怎麼會提這樣的問題？他感到背後火辣辣頂著小鳳的目光，像要燒出兩個洞來。

「保證什麼呀？」小鳳的話像錄上了他的耳膜，反覆放著。他懊悔自己糊裡胡塗，說漏了嘴。這句話，不是他要說的他該說的，他弄不清它來自何方，自己怎麼會冒昧到這種地步？他像陷入了泥潭一樣，不可自拔。

「保證什麼呀？」「保證什麼——呀！」他一遍一遍地回味小鳳的聲音，越來越覺得那不是一句需要答覆的問話。小鳳說話時，眼神是欣喜的，嘴角是甜蜜的，她說前面四個字時又輕又柔，而把「呀」說得那麼長，那麼重，那分明是個感歎句。哎喲，這姑娘！

「你回家嗎？」小鳳問道，打斷了他的思路。

雲龍轉眼望過去，小鳳正輕盈盈地走過來，關了燈，扯了扯他的衣角，爽快地說：「我們一起走。」

夜很深，路上只有他們倆人。從報社出來，過了道口就該分手。小鳳回娘家。他說，送你到車站。小鳳謝了謝，咯咯笑起來。

「什麼事，這麼高興？」他問。

「找了一個好老師呀！」她邊跳邊走，煽起一陣風，醉醺醺地在兩人之間滾來滾去。這哪裡是老師和學生的感覺？羅雲龍覺得，小鳳正在彈奏一首樂曲，他就是琴座，他的神經就是琴弦，小鳳的一舉一動都在他心靈上產生迴響。他多麼希望自己真是一座琴，讓小鳳撥一撥，彈一彈，讓樂聲把兩顆心連成一體。而他，是那麼願意配合，願意順從，願意馴服，只要是他有的，都願意給小鳳。

五

小鳳從農場來，與雲龍同天報到。她比雲龍小三歲。「停課鬧革命」的時候，小鳳才進中學一年級。學生寫大字報鬥老師，她是老師的寵兒，嚇得躲在家裡不敢出門。後來「保皇派」與造反派打起來了，雙方都打著毛主席革命路線的旗幟。母親對她說，不管什麼人來拉你，哪一派都不要去參加，你保護好自己。小鳳的爺爺是個讀書人，鄉下曾經擁有一些土地，解放前被土匪強佔，變得一無所有。土改時，有人揭發他們家的底細，要把爺爺一家劃入破落地主。此事雖然沒有成功，卻影響了父親一生，好像拖著一根無形的尾巴，活得小心翼翼。兩個孩子出生後，一直填寫「職員」家庭，對祖上的事情一無所知。

報紙上號召年輕人跟隨毛主席，很多「紅衛兵」到北京去串連，免費坐火車，吃飯不要錢，得到毛主席接見。小鳳也想去，媽媽堅決不允許。爸爸說，「安分守己，多讀點書，不會吃虧的。」小鳳說，「你們把家裡的藏書都燒掉了，我到哪裡去讀書呢？」媽媽說，「數理化的還在，自己學吧，不懂問爸爸。」小鳳愛讀文學作品，發現學校的地下室裡堆滿了不合時宜的禁書。別人寫大字報，開批判會，各處串連，她幫老校工掃地，鑽進書堆裡，讀到畢業分配。她被同學稱為「逍遙派」，那是落伍的代號，如同一條漏網的魚兒，在別人或自投羅網，或咬著魚餌不放時，她溜之大吉。小鳳拿到了地下室的鑰匙，總是神不知鬼不覺潛身而入，隨身帶著掃帚和簸箕，以防被人發現時，假裝打掃衛生。反正，她覺得，禁書比大字報好看。書讀得越多，她越不在乎外面發生了什麼事，也不在乎別人怎麼想，怎麼看。有時候，她寧可和這些禁書一起，被封鎖在陰暗的地下室裡。

畢業分配時，不少同學搶著報名去邊疆的軍墾農場和偏遠山區的老革命根據地，只有出生好的同學才有資格得到批准，好像當兵一樣光榮。出身不好的被送到雲南，安徽等窮地方，去改造思想，脫胎換骨。小鳳那樣的家庭，母親是會計，父親是工程師，既沒有當權派那樣受到衝擊，也沒有工農兵那樣無法無天。她是老大，去了郊區的農場。這樣，妹妹小燕就可以留在父母身邊。

臨走前，媽媽抱著她痛哭，說她生不逢時，父母欠她一輩子。小鳳沒有見過世面，不知道農場意味著什麼。學校停課以來，她幾乎過著與世隔絕的生活，家裡管得很緊，她連朋友都沒有。如今，鳥籠終於被打開，她要遠走高飛了。她對媽媽說，「農場離家並不遠，乘坐長途車當天能回來。」媽媽掛著眼淚笑了，嘮嘮叨叨說了很多注意事項，其中一件事就是不要找男朋友。這句話小鳳聽進去了，只要有書看，她不怕孤獨。到了農場，她和宿舍裡的女孩子們同進同出，沒有男性夥伴。其他孩子有曖昧關係，她當作沒看見。有個男孩子寫了情書，她裝傻，遠遠躲著，好像沒有收到一樣。媽媽的話語重心長，一定要規規矩矩做人。所以，插秧挑糞種菜養豬，臉被曬得掉了皮，肩膀腫得衣服扣不上紐扣，小鳳從來不叫苦。她的枕頭下藏著自己的手抄本，晚上在床帳裡打著手電看。這樣過了兩年，因為音色甜潤，講一口標準的普通話，被調去了農場的廣播站。她為人隨和，叫幹活就幹活，叫廣播就廣播。後來，被挑選到報社來實習。

消息傳到家裡，小鳳的父母又是驚喜又是害怕，一個說，小鳳爭氣啊，終於有了出頭的日子！一個說，報社這種地方哪裡是我們孩子應該去的？下班回來，兩人坐在飯桌旁，你一句，我一句，解放以來無數次政治運動，一幕一幕出現在眼前，他們逃過了一劫又一劫，怎麼能把女兒往虎口裡送？但是，農場哪裡是小鳳應該待的地方？去報社實習是別人求之不得的好事，家長怎麼能拖後腿？兩人說個沒完，天黑了，也不開燈，好像藏著祕密似的，燈光一亮就要走漏出去。

小燕在紡織廠做中班，十點半回家，進門開燈，發現父母坐在黑暗中。「你們怎麼不開燈啊？把我嚇了一跳。」媽媽解釋說，「姐姐要回來了，把我們高興的，只顧著說話，吃晚飯都忘記了。」說完用煤油爐熱了剩菜剩飯和炒了兩個雞蛋，胡亂吃了。

小燕得知姐姐要到報社去實習，高興得手舞足蹈。父親一把拉女兒到角落裡，警告她，「不能告訴外人，最好的小姐妹也不能說。」「為什麼？」小燕伸直了脖子問。父親語塞，母親馬上補充道，「因為是臨時實習，萬一留不下來，大家臉上無光，還是不說為好」。

夫妻倆上床後，翻來覆去睡不著。丈夫說，「要麼我們把父親的事情告訴小鳳，到了報社要夾著尾巴做人。」妻子說，「不行不行，怎麼能告訴孩子呢？萬一說漏嘴，等於自殺！」他們又討論小鳳在報社的兩難處境。為了留下來，要全力以赴，表現積極。但是，突出的表現意味著更大的風險。上海的報紙像北京一樣，一直在吹衝鋒號。前面的倒下來，後面的撲上去。孩子哪裡懂得其中的險惡？妻子希望女兒留下來，丈夫不同意，寧可讓女兒回到農場廣播室。這樣的爭執一直持續到小鳳去了報社還沒有結果。

小鳳住在報社集體宿舍，一個星期回來一次，父母問長問短，小鳳也願意和父母分享學習體會。老師講什麼主題，她到哪裡去尋找線索，報紙上發表了幾篇文章，一五一十地告訴父母。小鳳總是說，我不行，沒別人寫得好。當著小鳳的面，父母從不表露內心的憂慮。媽媽說，努力了，問心無愧。你只讀了一年中學，就把實習當作學業好了。爸爸說，不用擔心，你進步很快。真的嗎？小鳳高興得跳起來。

小鳳一走，夫妻倆便把所有的信息重新整理一遍，生怕女兒不小心種下禍根。小鳳說了羅雲龍的幫助之後，妻子說，留不留倒在其次，讓小鳳找個有才華和家庭出生好的年輕人，報社是找對象的最好機會。丈夫說，我早想到了，但是，如果小鳳回農場，找到了男朋友也維持不久，除非兩人都留下，小鳳有依靠，當窮人家的媳婦。妻子說，嫁窮人不如攀上幹部家庭出身的，小鳳有好日子過。丈夫說，看你貪心，哪有這樣的好事等著我們小鳳？

六

小鳳只能寫一些簡單的新聞，小故事，遇到人物專訪，重大事件，評論，她都要請教雲龍。旁人看上去，兩人總是在一起談業務，一個學，一個教。其實只有他倆心知肚明，還不是為了找理由湊在一起？雲龍給小鳳上課，批改她的作業，實在是把心挖出來，送過去。而小鳳寫稿精雕細琢，通宵達旦，實在是響應著雲龍需要的那份承諾和保證。有時候，雲龍於心不忍，要為她代筆。小鳳就用鋼筆敲他的腦袋，笑罵他差勁差勁。有時候，像趕鴨子一樣，把雲龍轟走，不寫出好稿誓不罷休。對他們來說，談業務就是談戀愛，多講一句話，多寫一個字，多一次對視，多一刻沉默，都像乾柴添加在他們火熱的感情裡。幾個月後，竟然業務和戀愛雙豐收，兩人順利地過了第一關，得到被插進各部門工作三個月的通知。從這個時候起，他們才正式拉開了談情說愛的序幕。

拿到通知書那天，他們相遇在報社的食堂裡。午餐時，大家都在談論這件事。有人高興，有人悲戚。小鳳的餐桌在窗口，雲龍坐在門旁。他用眼睛向小鳳祝賀。她做了個怪臉，裝著沒有看見。雲龍吃得快，留下最後半碗湯，一匙分成幾口喝。小鳳吃完了，站起來，他也離了桌，快步走出飯廳。

他上了樓梯，小鳳也上了樓梯，一層樓一層樓地跟著走，一直走到頂樓。雲龍拐進了資料室，小鳳一步不落後。

「我真想跳一跳，叫一叫。」躲在書架的夾縫裡，小鳳像打贏了球一樣雀躍。

「不許出聲，再叫，送你回農場去。」雲龍忍住笑，用手去蒙她的嘴。

「回就回，白辛苦了你一場。」小鳳的唇頂著他的手心，嗚裡嗚裡，口齒不清。手心傳情，擊中他的心。他想抱她，又不敢。他撒腿就跑，差點兒沒在門口絆倒。

「我們晚上去看電影，大光明門口等。」他一邊跑，一邊回頭說。大光明是上海最大的電影院。

下午，他們都請了假。雲龍去理了發，修了臉，給自己新買了一件米色的茄克衫。當時，衣服的式樣和顏色都代表了思想。禁欲者最革命，男女都穿一樣的款式，除了草綠色的軍裝，就是藏青和灰色。米黃的外套使雲龍鶴立雞群，像王子一樣高貴。

小鳳獨自去了南京路外灘。她剪著齊耳的短髮，一身藏青，乾乾淨淨。坐在黃浦江畔，她的心潮和江水一樣流暢蕩漾。這是她第一次談戀愛，是父母允許的戀愛。愛情就像一團火，燒得心裡溫暖無比。她恨不能推推時間老人，叫他快跑；恨不能騰越上天，早早把夜幕拉下來。這是她的第一次約會，與她的老師，她的朋友，心儀已久的美男子。雲龍真漂亮。小鳳一邊等一邊想，頎長的身材，濃眉大眼，稍稍消瘦的兩腮，又直又挺的鼻子，正看側看都像電影演員。雲龍的眼睛真誘人，像盛滿了感情的池水，一個眼神，一池水波。雲龍真聰明，雲龍好熱心，……。

兩人都早到了，座位在最後最裡邊。他們不是來看電影的，他們需要一個屬於自己的環境。燈一熄，銀幕上閃著字母的銀光，雲龍就忍不住把小鳳的手捏在手心裡。就是這張手呵，把他招到了小鳳身邊。他搓了又搓，揉了又揉，親了又親，簡直想把它含在嘴裡。他伸出手臂從腰間摟緊小鳳，只覺得一陣陣的幸福，裡裡外外，層層迭迭，無縫無隙地把他們裹起來。他喃喃細語，語無倫次，詞不達意。小鳳喘著粗氣，柔軟的胸脯一高一低，……。

那場電影結束時，他如夢初醒。燈光如濃霧似的，從頭頂上灑下來，簇擁著他們出了電影院。他討厭燈光，幾乎把它當成了情敵。走在馬路上，他想擁著小鳳走，可連拉手都不敢。他像中了邪一樣，直愣愣地盯著小鳳看，……。

事後，小鳳笑著告訴他，她只聽懂了一句話。那就是：「小鳳，我想跪下來，……我想跪下來。」說完，她害羞地用手蒙住臉。

那年他二十五，小鳳二十二。「文革」期間，政府提倡晚婚晚育。登記結婚，女的二十五，男的二十八。否則，也許他們馬上成了夫妻。

那天晚上，小鳳對父母說，沒有雲龍，我不可能提高那麼快，我想帶他來見見你們。父母沒想他們的關係發展得這麼快。母親走到小鳳身邊，一把擁在懷裡，輕輕地說，你長大了，媽媽真高興。以後要多聽雲龍的，女人是靠男人生活的。這些話，小鳳聽不懂。但是，她願意，願意一切聽雲龍的，雲龍有厚實的肩膀，讓她得到依靠。

雲龍沒有去見小鳳的父母，他要等等，等最後的決定。他說，當我們都成為報社記者時，再去拜見雙方的父母，那該多麼風光啊！小鳳點頭稱是。雲龍說的話，她都同意。

羅總的手指在鍵盤上飛舞，憋在心中多少年啊，終於有機會向小鳳傾訴！他寫道：「如果我們結了婚，今天將多麼美滿！如果我們結了婚，你決不會遠走天涯！如果我們結了婚……。小鳳，我當時不知道，就是從那天開始，我們已經不能分開，我們已經結了婚。是我呀，鬼迷心竅，是我，趕走了你。可是，你知道嗎，沒有你，我的心空了，天裂了，月亮永遠不圓，你知道嗎，小鳳？……。」

他伏案乾泣。

電話鈴響了，十二點整。

「羅總，葉局長說，晚上開董事會，你務必出席。」秘書說。

「知道了。」

他急忙按指令，想把信印出來，當天就寄去美國。電腦螢幕上出現一個窗口，問道，要不要保存？他按「NO」。當然不能保存在電腦裡。糟糕！螢屏一片空白，他作了錯誤的選擇，信還沒有印呢！羅雲龍傻傻地坐著，嘲訕自己：瞧你，這一錯，又錯得那麼澈底。

七

那些甜蜜的回憶，潮水般湧來，擋也擋不住，歷歷在目。那個週末，小鳳約雲龍到鄉下去玩，她喜歡自然，說要走得遠遠的。報社宣布錄取名單的日子越來越近。實習生都在為命運而焦慮，一張張生氣勃勃的臉膛突然間變得老氣橫秋歷經滄桑。這是千載難逢的機會，留與不留，天壤之別。即便在過去，當記者也要專業文憑或者革命資歷。這批年輕人只實習了幾個月，一旦留下來，輕而易舉地摘下記者「無冕之王」的桂冠，以前做夢都不敢想啊！如果留不下，則要後悔一輩子，嘗過了「無冕之王」的滋味後，何以安心在工廠農場當小工？雲龍對自己胸有成竹，暗地裡為小鳳捏一把汗，她既沒有名氣，又不會鑽營，會不會榜上無名？他不明白小鳳為什麼要在緊要關頭到鄉下去？

小鳳高興得像只小兔子，歡奔亂跳。綠色的稻田繡上了金線，在他們身後波浪起伏。田埂旁的小河，像一條亮麗的彩帶彎彎曲曲飄向天邊。小鳳看到河沿上的石階時，張開雙臂，輕風一般地飛奔而去。坐在河邊，她脫了鞋，挽起了褲管，白嫩的雙腳像一對天鵝盡情地在水中戲耍。水中一圈又一圈的漣漪從小鳳的腳邊層層化開，一晃一蕩，在雲龍的眼前搖動。

這時他才發現，小鳳被拆成兩個姑娘。報社裡的小鳳拚命地工作，無憂無慮的臉上有了愁雲，單薄的肩上壓著擔子，真是難為她了呀，他們相愛在又稠又厚的時光裡。今天，快樂的小鳳又回來了。瞧她，正赤著腳，捧著一把野花，白的，黃白，紅白，紫的，幾乎把那張歡樂的臉孔埋在花叢中。

雲龍攬她在懷裡，吻她的頭髮，喃道：「我的花神呵，小鳳，你是花的靈魂。」

小鳳眉開眼笑。

他們坐在草地上，你看我，我看你，前仰後合，大笑不止。他彷彿有一肚子的話要對小鳳說，但是，他什麼也沒有說，小鳳也不說，只是笑。你看著我，我看著你，目光像細針一樣，飄過來返回去，傳送著無窮的密碼。你朝我笑，我朝你笑。你中有我，我中有你，你就是我，我就是你，……。這是他們認識以來最暢快的一天。他突然想起了姚老師，為什麼要對浪漫的愛情失望呢？想起了讀過的那些短篇小說，他和小鳳不是比小說還要小說嗎？

「總有一天，我要寫出來。」他自言自語。

「寫什麼呀？」小鳳問。

「寫愛情故事。」

「誰的愛情故事？」

「傻姑娘，除了你和我，還有誰？」

回來的路上，小鳳抱著那束野花依依不捨，臉上好像被塗上了漿糊似的，繃得很緊。雲龍心裡想，小鳳說得對，走得遠遠的。這不是嗎？走得遠遠的，我們就能成為自己，走得遠遠的，我們多幸福！他不禁伸手去托小鳳的臉，直愣愣地看，半晌，才蹦出一句話：「都是為了我，讓你受苦了。」

她扭頭把目光轉向了遠方。落日在腳下悄悄地溜走，留下一道絳紅的天幕，霞光燻得他臉上火燙火燙。他提腳狠狠踢走路邊的一塊卵石。石頭骨碌碌往前滾，他追上去，再一腳，把小鳳扔在後面。雲龍抱住了路旁的一顆大樹，像銅鑄了似的，一動不動。他們搭上長途車時天完全黑了。

汽車從黑洞洞的鄉村轉進城市，開開停停，車窗外面有了燈火的夜景。有一個紅燈，時間很長，小鳳吸了口氣，半張著嘴，想說什麼，又忍住了。雲龍越發覺得她有心事。

「你怎么啦？」雲龍問。

她輕聲道：「雲龍，如果我留不下來，回農場也蠻好。」這話其實是她媽媽說的。爸爸也說過，即使留下來，水平跟不上，早晚要淘汰，那個時候就不知道是否能退回上海郊區的農場，也許離家更遠了。她首先想到的是雲龍。回農場，雲龍怎麼辦？她對父母說，我有雲龍，不會被淘汰，不會的！但是，心中好像有條縫，一點一滴抽走她的信心。萬一被淘汰了，萬一，真是個可怕的萬一啊！她想看看雲龍的感覺，如果她留不下來，雲龍是否和她一起回去？

雲龍兩條濃眉即刻跳得老高，雙眼射出驚愕的目光。他終於明白，就是為了說這句話，小鳳才到鄉下來的。這個姑娘為什麼如此死腦筋？

「你想把我帶到農場去？」雲龍說。

「農場也有報紙，也可以寫稿麼。」

「在鄉下能有什麼出息？」他語氣很重，好像硬邦邦的石頭，堵住她的口。

小鳳臉色驟變，把那束野花從窗口拋了出去，眼淚汪汪地看著它們翻著跟鬥，被後面的車輪碾碎。他覺得非常窩囊，但是，並不認為自己說錯了什麼，也不知道在哪裡得罪了小鳳？如果他在工廠裡沒有出息，農場能比工廠好嗎？他的爺爺奶奶一輩子住在鄉下，他的父親很小就到上海來找出路，當童工，領瞎子，學剃頭，再苦也沒有退回鄉下去。人都想往高處走，跌得頭破血流也得走，難道小鳳不懂嗎？也許，她是不懂，她的父母都是大學生，上一輩不像羅家這麼窮，沒有生存的痛苦。但是，她畢竟也在農場幹了幾年，農場能和報社比嗎？他動足腦筋，想說服小鳳。他說：「小鳳，我們將來要有孩子，孩子需要好的教育，總不能一輩子，一代接一代永遠做鄉下人。」

小鳳說：「你那麼肯定我要嫁給你？」

他說：「如果你嫁給別人，我把你搶回來。」

小鳳白了他一眼，臉上露出了笑靨。

雲龍松了口氣。

她說：「自己不夠當記者的水平，也不喜歡報社選擇記者的方式，就是留下來，名不副實，有什麼意思？」

雲龍安慰說：「這個世界上，到處都有名不副實的事情。報紙上說工人階級領導一切。你說名副其實嗎？他們說我工人作家呢，我也臉皮厚厚地拿著。我知道自己不是，可是，他們畢竟給我創造了條件，多了鍛鍊的機會。」說完，他輕輕地拍掉了粘在小鳳肩膀上的幾根小草。小鳳穿一件青灰色的兩用衫，低著頭，皺著眉，沒吭聲。

雲龍又說：「別著急，留不下，也沒關係，將來總有辦法把你弄出來。」

小鳳猛抬頭，懷疑地瞅著他，雲龍的臉頓時紅到耳根。他知道她心裡在想什麼。她討厭這種說法。他哪有本事把小鳳弄出來？那時的中國，農村戶口往城裡調，比上天還要難。如果沒有報社作跳板，他們倆幾乎沒有前途。他簡直不敢想像相愛的人可以分居兩地，那種滋味不如死在一起。但是，事情就這樣明擺著，除非小鳳留下來，否則……，每次想到這裡，他不寒而慄。有時候他甚至規勸自己，是不是應該降點溫，現在還來得及。小鳳算不上他的第一個女朋友。以前，中學的女同學，廠裡的女孩子繞著他轉的也不少。但是，沒有一個像小鳳，合在一起，天衣無縫！他相信，人的生命中，一定有許多密碼，對上了，天地都變得特別明亮！許多人一生沒有找到相配的密碼，有的人找到時，已經太晚。他和小鳳是最幸福的。他們之間怎麼可能降溫？不像煉鋼，可以調溫，也可配方。他是有血有肉的人呵！是他要這個姑娘的，只有和小鳳在一起，他能成為他自己，他振奮，他輕鬆，心中長出了快樂之樹。只有和小鳳在一起他能成為活生生的，不完美的羅雲龍。……

八

三個月的實習，他們被派到印刷廠學習排鉛字，到校對部學習校對，還被安排做了一個月的夜班，總之，與報紙有關的事情都要學習。工作期滿，實習生都要回到原單位等候通知。

造反派被清理以後，報社的老幹部紛紛回來了，但是，寒蟬若驚，感恩戴德，腰杆早已被打斷。三天兩頭開會傳達最高最新指示，第二天就是整版整版的表態擁護。全中國從上到下，就是一支軍隊，服從命令，做一顆合格的螺絲釘。這對年輕人陷在戀愛中，工作是戀愛，休息也是戀愛，如同進入了世外桃源。現在大家都要返回原來的工作單位，等候最後的判斷。

小鳳要回農場去，雲龍不讓走。他像孩子纏母親一樣，死活不放。他不知道小鳳這一走，還能不能回到他的身邊？小鳳哪裡想回去，一天不見雲龍，好像心被偷走了似的。小鳳聽了雲龍的話，向農場請假。小鳳搬回家裡住，常常獨自坐在床上發呆。

「小鳳，你在想什麼呢？」媽媽問。她用枕巾蒙住臉，羞得背對母親，支支吾吾，語無倫次。心裡只有一句話：我想嫁給他。但是，繞在舌尖上，說不出來。繞啊，繞啊，繞了很久，還是沒有勇氣說。她勸自己，快了，快了，等錄取書下來，我帶他來見父母，然後訂婚，然後，天天讓他抱著我。

晚上躺在床上，她想像著雲龍躺在自己身邊，壓在自己身上，想像著兩人合二為一，像小說故事中一樣浪漫。她想像著，兩人一起去上班，總是拉著手。晚上回來時，在夜色中散步。她要把雲龍帶到農場去，見見老朋友。她要去見班主任老師和老校工，感謝他們的幫助和培養。啊，她要孝順父母和公婆，她要給雲龍生孩子。……有一天，繞在舌尖的話終於衝出口，她說：「媽媽，我要嫁給他。」說完眼淚嘩嘩流。

「不哭，不哭，快了，快了！」母親坐在身旁，給她擦眼淚。

「媽媽，為什麼結婚要等到二十五歲？」

「因為中國人口太多。」

「鄉下也這樣嗎？」

「鄉下早一點，因為需要勞動力。」

「我們是否可以去鄉下結婚？」

「結婚要用戶口簿登記，不能去鄉下。」

「我們恐怕等不及？」

「為什麼？你們千萬別出事啊，否則記者的位置保不住，還要遭批判，一生就完了呀！」媽媽臉色變得鐵青，說了一遍又一遍，雙手壓在女兒的肩膀上，搖了又搖。媽媽的十指幾乎穿過襯衫和皮肉，捏得小鳳生疼。「媽碼」，「媽媽」，小鳳連聲尖叫。她答應了，才緩過氣來。

等待中，有個國慶節，雲龍的父母帶著弟弟回鄉下探望老人。雲龍有事沒有去，買了一盒軟軟的雲片糕托父母轉交給爺爺奶奶。原來，他有自己的計畫，約小鳳來家裡，親自下廚，燒給小鳳吃。「文革」期間，年輕人的工資每月只有三十六元人民幣。除了生活費，母親給他八元零用錢。他省下一半作定期儲蓄。其中一張到期的二元貼花，一年二十四元加利息，他去銀行取了出來，興高采烈地買了雞蛋，豆腐，香菇，大魚頭和一些蔬菜。

他邊繫圍裙，邊對小鳳說：「將來成了家，你作清潔工，我當大廚師，今天讓你視察視察，看我夠不夠格。」

「不夠格，不夠格！」小鳳眯起眼，下巴朝天，做怪臉：「浪費，買那麼多！」

雲龍笑著說：「以後我把錢交給你，你當家。」

小鳳說：「哎喲，說著玩的呀，你那麼當真。」

雲龍站在爐灶旁，手握鍋把，一推一顛，鍋中的菜塊像雜技表演一樣飛跳起來。小鳳樂得不停地拍手擊掌，誇獎雲龍能幹，一邊請求道：「我來試試，好不好？」

雲龍側身，讓小鳳掌勺。她單手提不動鐵製的菜鍋，兩隻手一起來，用勁，抬起，移來移去，回頭對雲龍叫道：「它們都睡著了呀，快來幫幫忙！」

雲龍朗朗大笑：「我說麼，我來燒，你清洗。」一邊把菜倒在盆裡，鍋鏟敲得叮噹響。

廚房設在家門口的過道上，午後的陽光被擋在外面。屋簷下，亮著一盞昏黃的燈，像只塗了泥巴的梨。風吹過來，笑聲，燈光一起搖，香氣繚繞。

雲龍說：「真的，小鳳，將來你管錢。」

「我不會管的，你管，你是魔術師，一塊錢能變成十塊錢。」

雲龍眉飛色舞：「我給你買許多漂亮的衣服，然後，我們喝西北風。」

「為什麼？」

「錢花完了呀！」

小鳳捂著嘴，笑彎了腰。

兩人把一個個的菜端上八仙桌，坐下來，兩對大眼睛，笑成了四條縫。雲龍夾菜給小鳳，小鳳勺湯給雲龍。陽光從窗口撲進來，赤熱熱舔著他們的臉，他們好像擁有了整個世界！

小鳳說：「小時候，小燕和我，就是這樣的，一個做媽媽，一個做爸爸，各人抱個洋娃娃，炒菜，做飯，洗衣服……。」

雲龍說：「我們是真的啦！不是辦家家。」

小鳳瞥了他一眼，臉漲得通紅。多麼難為情！她想躲起來。她的目光躲到了自己的腳上。眼睛裡，一雙黑布鞋，塑料底，橫搭攀，裡面穿著雪白的沙襪。這種鞋，她不知穿了多少年，從來沒有變。她看看自己的藍卡其褲，淺灰的兩用衫，仍舊是一付學生打扮。可是今天，她和一個男人單獨相處，談婚論嫁。啊，終於公開地談婚論嫁了，多麼新鮮多麼刺激！

她偷偷地瞟一眼對面的雲龍，他像個木頭人，挺直了腰板，愣眉愣眼。小鳳朝他笑了笑，就像接上了電源，他的眼睛裡有了光彩。

「小鳳，我配不配？」他好像在求她。

「你真傻！」小鳳嬌嗔地說。

「撲通」一聲，雲龍以額擊桌，鼻子一抽一抽。

小鳳慢慢地移過去，用肩膀撞撞他，小聲說道：「開個玩笑麼。」

雲龍「哈哈」大笑，一把抱住了她。

小鳳舉起拳頭敲雲龍肩膀，一邊說：「你真壞，你真壞！」

雲龍笑道：「打吧，打死了，你當寡婦。」

「不許亂說！」小鳳捂住他的嘴。

雲龍捏著她的手，移到自己的胸口：「到了二十五歲，一定嫁給我，你保證。」

「保證什麼呀？」她粲然一笑。

「不許裝傻！」

「你說麼。」

「保證白頭到老。」

「嗯，我保證。」

他坐到她旁邊，摟著她吃飯。吃完了，小鳳洗碗，他要從背後抱住她。

那天，他換了新床單，要留住小鳳，不准她回家。

小鳳抱著他，內心掙扎煎熬。她想起了媽媽的話，千萬不能出事，否則一生就完了。雲龍的臉貼在她的胸口，像磨盤不停地轉：「我等了那麼久，等呵等，……。」小鳳想說：「我也等啊，等不及呀！」她緊咬牙齒，不讓嘴唇張開。她親親他又黑又硬的頭髮，親了又親，直到自己平靜下來。她像母親哄孩子一樣說：「等一等麼，等到錄取通知的那天，好不好？雙喜臨門，好不好？」說完，捂著漲紅的娃娃臉，淚水從指縫裡流出來。

「小鳳，你為什麼要哭？」

「我……不知道。」她把眼淚一抹，臉上又掛起了笑容。

雲龍說：「寶貝，我聽你的，我等，我等。」

遠處傳來了一首歡快的兒歌：讓我們蕩起雙槳，小船兒推開波浪，……。

九

通知來了！小風拿到通知書，一陣風奔向公車站，這是他們每天晚上見面的地方。她等了好久，等著雲龍下班。

「雲龍，我的通知書！」她一手高高舉起，以為雲龍像他一樣，舉起白色的通知書，飛翔一般地奔跑過來。雲龍下車了，疲憊的眼神像往常一樣，在看見小鳳後露出了光芒。雲龍沒有拿到通知書。小鳳興奮地說：「一定寄到你家去了。我也是在家裡收到的。」

可是，幾天以後，小鳳去報到，正式工作了，還是沒有雲龍！

晴天霹靂！羅雲龍，震驚，恐慌，昏天黑地！深秋的夜晚，梧桐樹的黃葉漫天飛翔，如撕碎了的稿紙，飄飄揚揚。小鳳下了班，去看他。兩人走在樹蔭下，誰都不說話。地硬硬的，腳下的枯葉，暗暗呻吟，裂成碎片。月亮從雲層後露出來，冰冷蒼白，烏雲沖上去，把它碾碎。殘月，東一小塊，西一小塊，再被一塊一塊地咀嚼，吞滅。夜，黑得令人心悚。

公車來了，就像天上的雲，亮著白燈聚過來，叫人睜不開眼睛，散去後，天地更加黑。他們寧可走，沒有目標，走一圈是一圈。風乾乾的，不冷不熱，像在討債，一會兒來，一會兒去，抽走了時間。雲龍要扶小鳳上車。小鳳說，你別走，陪我坐一段。

車廂裡空空蕩蕩，兩人蜷縮在最後面的角落裡。車停車走，門一開，他全身發抖，湧進來的黑暗，把他淹沒，躲也躲不了。黑色的漩渦，越轉越緊，又重又沉，他被打倒在深淵。天呵，我什麼也看不見，……什麼也聽不見，……胸口悶呀，透不出氣呀！是不是我被綁住？……我無法動彈，一顛一簸，……你們要抬我去哪裡？……去祭台？為什麼是我？……為什麼，要我作犧牲？難道這是命裡註定？難道我就這樣束手待斃？……

一個剎車，撞破了他的惡夢。他的下巴夾在膝頭裡，人縮得像一堆石頭。就這樣，車停他醒，車一開他又昏昏沉沉地進入幻覺。終點到了，他們沒有下車，坐回來，還是終點。他大叫，完了，完了！……閉上眼睛，看見的盡是黑森森的怪圈。

雲龍，你醒醒！醒一醒！他聽見有人在喊他。他想答應，卻發不出聲音。那喊聲變成了一張紙，像一條白色的小舟，又輕又薄，托住他，不被旋渦捲走。噢，封閉的氣脈被打開，他回到了人間，但是，心卻被掏空，一無所有。突然，他感到手裡還留著什麼東西，暖暖的，好像隆冬時，剛泡好的一杯茶。溫暖像小溪，流進他的胸膛。冰一樣的心，化了，滴滴答答在流淚，堵塞的血脈通了，血液隨著溫暖走，一邊走，一邊點上一盞又一盞明亮的燈。他看到了光，他看到了無數星星在閃亮！雲龍睜開眼睛，看見小鳳滿臉是淚，正握著他的手。周圍一片雪白，自己躺在醫院的病床。小鳳說：「雲龍，你正發燒呢。不要動，手上在輸液。」雲龍點頭，渾濁的眼睛露出一絲微弱的笑意。……

午餐後，羅雲龍靠在辦公室的沙發上休息。往事仍舊像野馬一樣在他的腦海裡縱橫馳騁。過去的時代，像一幅幅蒼白的圖畫，山窮水盡，什麼都沒有，赤裸裸只剩下感情。現在呢，五光十色，眼花鐐亂。他環顧自己的辦公室，意大利的家具，德國的電器，美國的室內裝潢，進口，進口，再進口，沒有這些東西，彷彿就無法活下去。就是這些東西，正在把人們心中美好的感情悄悄地抽走。他起身給自己泡了一杯咖啡，咖啡燙得很，他吹了吹，空氣中飄繞著一縷沁人心肺的香氣。他想，這香味誘惑了多少人！人類更注重看得見，摸得著的東西。就像這咖啡，味道苦苦的，卻那麼受人歡喜。可是，為什麼得到越多，心裡越是不愉快？名利，地位，漂亮的妻子，寬敞的房子，我還要什麼？為什麼內心越來越空虛，下意識裡天天在逃跑？要逃到沒有人煙的地方去。他問自己：當年告別煉鋼爐的時候，你哪裡知道這是一條茫茫的不歸路呵！

報社落選以後，羅雲龍病了，頭暈，低熱，失眠，全身無力。醫院作了各種檢查，報告都正常。他變得非常怪異，一天到晚板著手指頭，比較分析那些被留下來的人，誰比他強？誰有他的作品多？誰有他寫作的歷史長？誰的出身有他好？數來數去，沒有幾個人能和他相比。如果比小鳳差一截的都能留下來，有什麼理由不留他呢？他作了無數的猜測，越猜越覺得有人在搞鬼，越想越覺得不公平。他怎麼知道，最後的名單，不討論人選的素質，素質是初選的要求。也不討論業務，對記者的要求就是執行命令。報社黨委書記，部主任，組織部長和上大課的老師們大多是男人，雲龍的落選是因為談戀愛談得太公開，談得太熱烈。一對令人羨慕和妒忌的郎才女貌，都留下的話，能好好工作嗎？抬出這個擺得上檯面的理由，就把羅雲龍給刷掉了。小鳳討人喜歡，占了性別的便宜。

失敗像發了酵一樣地在雲龍的體內膨脹，把他擠壓得只剩下一層薄薄的殼，一碰就破。他完全忘記了，就在幾天前，他還振振有詞地向小鳳解釋「名不副實」的社會現象，遇到自己，怎麼就不靈了呢？無論如何，他有小鳳，小鳳當了記者，留在上海，兩人天天可以見面，結果比他預料的要好得多。

是的，小鳳留下來，確實給了他很大安慰。他的被擊垮，與其責怪別人，不如責怪他自己。他被自己騙了，被自己的錯覺蒙住了眼睛，被辛辛苦苦，日日夜夜建起來的一個夢想擊垮了。他好像明明在兩個山頭之間，滿懷信心地一腳垮了過去，卻在落地之前，山搖地動，他踩入空檔，掉進了深淵，怎麼也爬不出來。他好像兜了一個圓圈，從社會的底層出來，現在又回到了原地。不同的是，原來的他生龍活虎，爬得動，站得起。現在遍體鱗傷，希望成了泡沫。更不同的是，以前他有興致玩弄泡沫，即便在刀鋒上走路，也樂於歷險和獵奇，因為他的頭上閃耀著工人階級的光輝。如今，再也找不回那根救命稻草。當他重新拿起筆，繼續寫作的時候，只覺得能寫的東西越來越少，好不容易寄出去的稿件，屢屢地被退回。……

只有小鳳，給他真實的感覺。他依舊是小鳳的老師，朋友，愛人。在她的面前，挫折感躲了起來，雲龍還是一樣的聰明能幹。他越加愛看她的大眼睛，又黑又亮又清澈，含義無窮。他越加愛看她的神色，好像一件鬆軟的毛衣，任人怎麼折怎麼揉，還是她自己。只有和小鳳在一起，他變得心平氣定，有生活的憧憬。他想著將來和小鳳結婚，生個大胖兒子。他們的孩子一定又漂亮又聰明，繼承他們倆的優點。他想在孩子身上重新開始。……但是，只要一腳踏進車間，心情兜底翻。

天不亮去上班，換上防火的厚制服，套上防火面具，羅雲龍就消失了。人人都一樣，臉面灰黑，露出兩點眼白。一整天，吸進辛辣刺鼻的空氣，耳裡灌盡了機械的轟鳴，鋼水如拉長的太陽，閉上眼，都是一團團的黑。天天關在氣浪滾滾的蒸籠裡，汗跡像透明的蚯蚓，爬滿全身。他覺得自己越來越懶，幾乎不想動彈。他只有二十幾歲，要熬到哪一天才能出頭？難道要像他的父輩一樣，累斷了腰，烤焦了皮？對著燃盡了的煤渣堆，他常常發呆，這就是我，這就是我啊！我的將來，我的一生，空了，廢了，蒼白如灰。這種不安越來越強烈，漸漸地覆蓋了一切。直到這一天，事情出現了變化。下班的路上，有個師傅拍拍他的肩頭：「雲龍，有件事想問問你，有關你的前途。」

「前途？」他止步，不敢相信自己的耳朵。

那天以後，他做什麼事都心不在焉，好像鬼魂附體一般。

十

雲龍家住的是平房。房間很小，窗口放著吃飯的八仙桌，幾張椅子，左牆一個掛衣櫥，右牆是五斗櫥，加上父母睡的大床，整個房間像個塞滿了東西的倉庫。雲龍和三個弟弟睡閣樓，因為閣樓低矮，沒有床，打地鋪。

小鳳常常晚上去羅家看他。雲龍，菩薩保佑你。母親總是這樣說。他們喜歡小鳳，嫻熟端莊的姑娘，是雲龍從報社挑來的。每次小鳳來，父母親總是笑臉相迎，一杯茶，一碟糖果招待她。這糖果家裡人從來不碰。夏天，父母帶著兩個弟弟外出逛街，留下他們倆說說知心話。天氣冷了，小鳳脖子上繞著圍巾等在車站送雲龍回家。七八分鐘的路程，就是為了見個面，不痛不癢說幾句，心裡踏實一些。小鳳一直以為雲龍沒有從落選的失落中擺脫出來，她相信只要自己愛著他，總有一天，雲龍會振作起來。好幾次，雲龍叫她不要去車站，小鳳不聽。她說，只要見到你，我就放心了。她哪裡知道，雲龍正在經受難言的煎熬。

轉眼一年過去了。這一年裡，火辣辣的愛情漸漸降溫，雲龍一步一步往後退，甚至躲起來不願意見面。小鳳在車站等到天黑，也不見雲龍的影子。是不是生病了啊？為什麼不允許我進他家的門？小鳳找不到雲龍，就提筆寫信，可是，雲龍一封都不回。

夏天裡的那個雨季，有一天，小鳳接到雲龍的電話，說請了病假在家裡休息，叫小鳳來見一面。打完了電話，他無地自容。他是寧可死了，也不願意這樣做的。他怎麼能夠和小鳳分手？如果說他的心空缺了一塊，只有小鳳能夠填補；如果說他的背脊折斷了，只有小鳳能夠扶持。小鳳是他的生命呵！為什麼要和她切斷聯繫？為什麼要平白無故地傷害她？可是，他問自己，你是誰？一個蓬頭垢面的煉鋼工人，一個失敗者，一個有病的人，一個沒有前途的人。你配嗎，配當一個女記者的丈夫？你有什麼理由拖累小鳳？她那麼年輕，那麼讓男人動心，她能找個比他好一百倍的丈夫，擁有一個無比溫馨的家庭。自己能給她什麼？除了抱怨，灰心和消沉？

他就是這樣通過為小鳳著想，一點一點把自己解脫出來。他已經見過了那個女孩的父親，他的工作有望調動，轉進機關坐辦公室。他正在從失望中站起來，身體也在一點點復原。他越來越覺得，這一生恐怕不會再有比這更恰當，更實在，更保險的機會。是的，如果他整天不高興，小鳳怎麼高興得起來；如果他不健康，對小鳳也是個負擔。他幸感自己作出了這樣的決定，讓大家都有一個新的開始。

小鳳進門時，渾身浸透，收了傘，甩了甩，地下一灘水。家裡暗暗的，沒有開燈。什麼人也沒有，只有雲龍。他請小鳳坐下，為她泡了一杯茶。送茶杯的手被小鳳一把拉住：「雲龍，你怎麼啦？」

「沒什麼。」他抽回手。

小鳳伸手去摸他的前額，一邊問：「你是不是又發燒了？」

「沒有。」他擋了回去。

「唉，」小鳳苦笑：「你約我來幹什麼？」

「我想，你在報社已能獨當一面，你不需要我了。」

他在方桌的另一邊坐下，小鳳的對面。

「嘻嘻，」小鳳笑著說：「胡思亂想。」

她一開口，就是那麼可愛！雲龍原來準備了一籮筐的話，此刻，全被擋在喉嚨口，一句都說不出來。他突然覺得自己好糊塗呵，他們之間怎麼拆得開？心中一懺悔，眼淚止不住蔌蔌地流出來。

小鳳也哭了，邊哭邊說：「雲龍，我對不起，你改變了我的命運，我卻沒有能力幫助你。我知道你日子難過，如果可能，我代你去受罪，我把記者讓給你，……」

「不，不，小鳳，你不要哭。不要哭，好不好？聽我慢慢說。」

他說不出口呵，又哭了起來，一邊哭，一邊說：「小鳳，是我對不起，是我不配你，讓我們分手吧！」

小鳳身體一抖，軟軟地落在椅子上，一隻手抓住椅背，肩膀聳得厲害，悲哀的大眼睛盯住他不放：「我沒有嫌棄你，你為什麼要自暴自棄？」

他噎住，嘴唇嚅動，沒有聲音。

「你說什麼？」小鳳大聲地問。

「我，……我有一個機會。」

「機會？」小鳳豎起了耳朵，問道：「什麼機會？」

「也許是唯一的機會，是……當個有地位人家的上門女婿。哎，我怎樣跟你說呢？……廠裡的師傅給我介紹對象，女方的父親是個『老革命』。……」

小鳳驟然停止哭泣，淚光滿面，驚恐地望著雲龍。雨，劈瀝瀝地打在窗上，潮濕的水氣從框縫裡滲進來，陰黴透肺。室內更暗，雲龍的臉，折著窗玻璃的反光，青青的，一半黑，一半白。

小鳳站起來，用手背擦眼淚，搖搖晃晃地走過去，嘴裡嗚嗚咽咽：「我們……約定，通知來的那天，我們……做夫妻。你……不能食言。」

雲龍哭道：「不，不，小鳳，我的寶貝，我們不能，我會害了你。你趕快離開我，你快走，快……。」

她把雙手伸過去，撈出一張濕淋淋的臉，一對空洞的眼睛，一個充血的鼻尖，一張裂開的嘴。但是，掩不住年輕，掩不住英俊，還是那麼令人傾心！小鳳忍不住撲向雲龍。她舔他的眼睛，舔他的眼淚，舔他的唇，……。一邊舔，一邊灑淚，好像是，她要洗去他的憂愁，她要舔走他的苦難。

他把小鳳推開：「哎呀，你的衣服，都濕了，要生病的，快換上我媽媽的。」

小鳳接過雲龍送過來的衣服，站在他的面前，一個接一個地解鈕扣，睜大了淚眼對他看。雲龍的手顫抖著，胡亂地給自己解皮帶。……衣服像落葉一樣飄落在地，一件又一件，雲龍的和小鳳的，把有限的地板覆蓋，兩人赤裸裸地抱在一起，敞開了胸膛，要把對方裝進去。他們互相喊著對方的名字，每個字好像一階雲梯，托著他們離開身邊的世界。望著身底下一絲不掛的小鳳，望著床單上鮮紅的一灘血，雲龍「騰」地坐起，呼天號地：「小鳳，我們做了什麼呀！」

小鳳抿著嘴，臉上掛著淚：「我們等了那麼久，受之無愧。」

雲龍像狂風中的小樹，東倒西歪：「我瘋了呵，怎麼做這樣的事？」

「有了這一次，我死也無悔。」

「你胡說什麼呀！」

「去吧，我們分手。」

「我們不分手，我們苦在一起。」

「前途要緊，你去吧。」

「我不能！我扔不下你！」

「不要管我！我們做哥哥，妹妹。」

「你將來要後悔的！」

「不後悔，是我自己要的。」

「你喜歡，我們再來。」

「讓我懷上你的孩子。」

……。

十一

董事會論論駐國外辦事處的問題。前幾年，在外國公司的幫助下，他們引進了設備和原料，根據海外市場的要求組織生產，外匯積蓄成果累累。後來，有人認為，我們已經有了固定的客戶，生產也上了軌道，可以越過外國公司，走自己的路。結果呢，人選要照顧關係，派出去的並不能幹。國外辦事處成了個無底洞，年年要貼錢。這件事是雲龍的丈人，局長葉彬點的頭。老革命有民族主義的情結，甩掉洋鬼子，他正中下懷。但是，光有主義不賺錢可不行。現在體制不像從前，所以，今晚要討論撤不撤的問題。

會議開了兩個多小時。各抒己見之後，葉彬問雲龍：「你的意見？」雲龍清了清嗓子，從座位上站了起來。「設國外辦事處這件事，不容否定。問題是，學會經營，迫在眉睫。」他一邊走，一邊侃侃而談，錚亮的皮鞋在柚木地板上「嚓嚓」作響。這些年，他就是這樣走過來的。羅雲龍對頂頭上司不多說一句不同的話，不多出一個自己的主意。人活一世，難得糊塗，他聽老丈人的。他舉了許多駐外辦事處失敗的例子，以此證明，這是一個通病，並非某個人的責任。他避而不談他手下的幾家廠，出於謙讓，沒有參與試點，結果反而出口興旺，局裡剛剛在他的公司裡開了慶功會。他給那些趕潮流，圖新鮮的人很高的評價，稱他們為改革家，是敢於當吃螃蟹的勇士。……在收尾的時候，他走到座位前，雙臂撐著桌面，身體呈半鞠躬的姿態，先朝葉彬看了看，然後向大家掃一眼，誠懇地說：「至於諸位提出偃兵息甲的看法，我覺得，從眼前計，也是上策，否則，損失太大。」

董事會決定撤銷駐美辦事處。誰去收拾殘局？董事中，誰都去美國出盡了風頭，只有羅雲龍，從來沒有出過國。

葉彬說：「雲龍，怎麼樣？」

一陣鼓掌，通過了。葉彬臉上露出了滿意的笑容。

雲龍被介紹給葉紅時，葉彬剛剛從「牛棚」裡被放出來，恢復原來的職務。他的哥哥在大學時參加了地下抗日組織，奔赴延安的路上，被鬼子殺了。為了復仇，葉彬不到二十歲參加了新四軍。那是在「西安事變」之後，抗戰已經近尾聲，共產黨的軍隊發展很快。解放家鄉時，國軍兵敗如山倒，解放軍橫掃落葉一般佔領了江南大部分地區。接著開始了土地革命，就在這時，災禍臨頭，他父親因為擁有祖傳的土地而被殺，人頭懸掛在城門上示眾，不讓收屍。鄉親們都知道父親是個讀書人，辦私塾，助窮人，與雇工和傭人和睦相處，不是惡霸地主。可是，一旦以土地劃線，被戴上了地主的帽子，誰也救不了他。人頭掛在城門上，無人敢說一句公道話。葉彬恨不能偷偷地逃出去，把父親埋了。但是，這個念頭一閃就泯滅了，他連哭都不敢哭。革命就是你死我活，跨錯一步，終身後悔。他把仇恨轉向日本侵略者，沒有這場戰爭，哥哥不會死，他也不會被捲進革命的洪流。沒有這場戰爭，老百姓根本不瞭解還有反對蔣中正的中國共產黨。他是為了打鬼子而參軍的，怎麼也沒有想到日本投降後，國共打內戰，要了父親的命。

葉彬不動聲色地接受了這個結果，公開表示要和父親劃清界限，方才躲過了這場災難。但是，從此不敢回家鄉。他躲過了三反五反鎮壓反革命，躲過了反右和四清，每一次都積極表態，說一些喪盡天良的違心話，最終還是沒有躲過割韭菜一樣「文革」，有職務有權利的全部一鍋端。葉彬是個聰明人，早就感悟到革命不是檯面和書本上演講的那麼簡單和崇高，革命是懸在每個人頭上的一把雙刃劍，稍不小心就會革掉自己的脖子。接管上海之後，作為文化幹部，本來安排在市委機關工作，他多次要求下基層，寧可職位低一些，離革命遠一點。「文革」開始，女兒葉紅初中還沒有畢業，很多老幹部的子女被送到軍隊去，躲避上山下鄉。葉彬不放心，寧可把女兒作為病人留在身邊，以免出意外。女兒確實病了，但是，沒有醫生證明。為此，他通過熟人偽造了一份，蒙混過關。

如果說，從前他的心病是冤死的父親，那麼，隨著女兒漸漸長大，他多了一塊心病。他對雲龍的才華，長相，都十分賞識，尤其是他的家庭出身，萬一自己將來有所閃失，雲龍的工人身分和家庭出身是天然的保護傘。乘著自己有權在握，先調他到自己手下當秘書，一來親自觀察他的人品，二是為了避人耳目，以納賢代替招婿。當時，「四人幫」還沒垮臺，葉彬的地位並不穩固，唯一的寶貝個女兒，到了結婚的年紀，不講門當戶對了。

雲龍對於重新坐回辦公室，繼續搖筆桿子，心花怒放，感激不盡。雖然，記者沒當成，但是，起草葉彬的發言，報告，總結，都是小菜一碟。每每見到頂頭上司的滿意神情，那份欣慰決不低於在報上出名。後來，毛澤東死了，老一輩的一個接一個地走了，直到「四人幫」倒臺，葉彬才把婚事提到日程上來。

葉彬藉口在家裡討論工作，讓小兩口接觸接觸。葉紅表面上客客氣氣，臉帶微笑，但是，從來不願意多看雲龍一眼。起先，雲龍以為是門第的關係，被她看不起。心裡一不服氣，反而對她有了興趣。見了面，說天道地，古今中外，文經武律，盡情發揮。可是，葉紅好像聾了一樣，死水一潭，怎麼也攪不起波浪。後來，他以其人之道還治其人之身，到了他們家，就去葉彬的書房裡找書看，把葉紅當陌生人一樣。葉紅仍舊沒有任何反映。

有一天，他在書房的壁櫥裡，看到了一堆畫。壁櫥很大，他開了燈，蹲在裡面看。都是葉紅的作品，天呵，亂石，荒原，枯樹，悽愴悲諒。其中有一幅水彩畫，用了鮮紅的顏色，那些花，鋪在土上，就像大地受了傷，血跡斑斑。她的畫技相當不錯，但是，陰森森，讓他渾身起雞皮疙瘩。他馬上感到，這個姑娘的精神狀態出了問題。按照她的年紀，生活在如此優越的家庭裡，怎麼可能有這樣的心情？他以為是因為葉彬受迫害，天真無邪的女兒深受打擊，重創心靈。如今，父親官復原職，女兒早晚也會康復正常。他根本不想瞭解葉紅的過去，因為從一開始他就不是為了葉紅而來的。他根本沒有興趣去探視葉紅的內心，他自己的世界也向她封閉。他把畫放回原處，關上了壁櫥的門，心想，也許是自己多疑，看畫時帶上了有色眼鏡。拖著吧，不冷不熱，勉勉強強，如果最終葉紅不喜歡他，那就讓她主動提出終止關係，畢竟自己對工作十分滿意。

葉彬也看到了他們之間的裂痕，苦口婆心地勸說女兒，但是葉紅不為所動。第一次看到雲龍的照片，葉紅輕描淡寫地說：「爸爸，你不怕別人說你利用職權給家人謀利益嗎？」

葉夫人說：「傻孩子，爸爸幹革命，把腦袋都賭上了，招個女婿算什麼？」

葉紅說：「媽媽，你不怕別人說你們干涉女兒婚姻嗎？」

葉彬說：「我們什麼也不怕，只怕你不喜歡。」

「那麼，今天我就告訴你，這一輩子，我是不會結婚的，你們死了這條心吧！」

「錯了，」葉彬說，「我們尋找的不僅僅是一個女婿，而是為你尋找愛情，只有愛情能夠治療你的創傷。」

「爸爸，你覺得我還會相信愛情嗎？我不想再受傷了。」

葉夫人說：「孩子啊，羅雲龍對爸爸言聽計從，不會再傷害你的。再說，……」

「媽媽，不要再說了，我知道你們的算盤，想抱孫子了，對嗎？」

「有了孩子，你的心情也會好轉，我們主要是為你著想。」葉彬說。

葉夫人拿出手絹擦眼淚，一邊說：「孩子啊，我們做父母的應該怎麼辦？我們不能眼看著你像花朵一樣枯萎下去。」

軟硬兼施，好事多磨，葉家的老人終於讓葉紅答應了婚事，但是，女兒有話在先，結婚不為別的，就是為了生兒育女。他們家占一個樓面。葉彬說，四個房間，給他們兩間，什麼都不用男方操心，所有的費用都由女方負擔。

葉家把一切都安排了以後，雲龍得到葉彬的邀請，說要開個家庭會議。一聽到「家庭」兩個字，雲龍毛骨悚然，怎麼敢不答應？那是星期天的上午，葉家三口都在書房裡等他。寒暄了幾句後，葉彬攏了攏夾著銀絲頭髮，站起來，走向雲龍。他清瘦幹煉，前額深刻的皺紋顯示了長者不可抗拒的尊嚴。他搖了搖雲龍的手臂，豪爽地說：「小夥子，歡迎你成為我們家的成員。」

雲龍像石雕一樣站著。那模樣，在葉家人的眼裡，就像受寵若驚，幾經篩選，被錄用了一樣。屋裡浮動著喜慶的氣氛，一波又一波從兩老的眼睛裡溢出來。「坐呀，過來，坐這兒。」葉夫人慈愛地微笑，起身讓位，讓他坐在女兒旁邊。

雲龍像一個小偷陡地被抓住了一樣，驚恐戰慄。葉彬的話如一紙訴狀，戳穿了他虛偽的面目。他好像站在審判席上，雙腳軟得站不穩。書櫥前有個方凳，他趕緊靠邊坐下，嘴裡還連聲對伯母道謝。他的心裡越是慌張，臉上越裝出高興的樣子。他怕假笑的嘴臉露出破綻，忙用手掌托住兩頰，又覺得雙手連著臉部都在動。他趕快俯身，打起了皮鞋的主意。他把鞋帶弄松，兩頭對齊，一段一段地矯正。他必須讓手移來移去，一停下來，手指哆嗦得一跳一跳，像在鞋上彈琴。……當下，唯有一個人能夠救他。他在心裡喊道：「姑娘呵，你為什麼不跳起來？為什麼不對你的父母說一句實話？說呀，說你不愛我！說你不想結婚！說呀！你為什麼不說？」

他的眼角從地上掃過去，掃到伯母的繡花拖鞋，掃到旁邊的一雙白皮鞋，白襪子，紅色的裙邊，再往上掃，細腰上一條黑皮帶。他猛翹首，狠狠地盯了她一眼。他希望她能抬起頭來，碰上他的目光。她為什麼老是回避？她的父母為什麼要玩這樣的遊戲？……葉紅一直低著頭，無動於衷。他終於懂了，一切已經定局了。這不正是他的選擇嗎？——做一個有地位的上門女婿。此刻，連後悔都沒有餘地。

十二

雲龍的母親知道雲龍和小鳳不是一般的關係，因為那條帶有血跡的被單雲龍並沒有洗乾淨。當全家都喜氣洋洋準備參加雲龍的婚禮時，母親病了。雲龍陪她去看醫生，走在路上，母親問：「小鳳呢？兩人好好的，怎麼分手了？」雲龍說：「媽，我無路可走啊！娶個老幹部的女兒，你們臉上也有光彩麼！」

母親說：「我們不在乎什麼幹部不幹部。我都不知道將來如何處理婆媳關係呢！我想知道的是，你傷害了以前的女朋友，要賠償人家多少損失？」

母親站住，兩眼直直盯著雲龍。雲龍知道瞞不了，一時無語。他該怎麼回答呢？總不能說，我們是雙方願意的。娶葉紅純粹是為了改善處境，心裡愛的是小鳳？

強烈的陽光，照得雲龍睜不開眼睛。他用手擋住光線，只露出半個臉。

「媽，你別管我的事，好嗎？我們去看醫生。」

母親說：「如果你腳踏兩條船，我和你爸爸不會去參加婚禮。」

「我和小鳳斷了，媽，她現在當大記者，我配不上她。」

看完醫生，回家的路上，母親又問：「為什麼老幹部要把女兒嫁給你呢？我們家那麼窮，沒有文化，當了一輩子工人，是不是女孩子有什麼缺陷？」

「缺陷？」雲龍笑了，他挽上母親的手臂，一邊走，一邊說：「你放心吧，腿不瘸，眼不瞎，五官端正。」

「那麼，你為什麼不帶回來，讓我們看看？」

「哎呀，我們家那麼破爛，怎麼進得了門啊？」

母親沉下臉說：「雲龍，你就是在這樣的家裡長大的，她要當我們家的媳婦，就要接受這個破爛的家。」

「媽，我們家會好起來，等我結婚以後，一定讓你們過上好日子。」

母親點點頭。她知道雲龍是個孝順兒子，一肚子的問題都收回，再也不問了。

葉彬決定，讓葉紅與雲龍先度密月，在兩人世界裡培養感情，回來再辦婚禮。他們倆第一次單獨出行，一路青山綠水，雲龍覺得毫無趣味，陪葉紅，像在陪一根木頭。他反覆地勸說自己，把葉紅想成小鳳，小鳳喜歡走得遠遠的，喜歡兩人單獨在一起。有小鳳在，我應該非常滿足。可是，怎麼也找不到美好的感覺。他又勸說自己，不要再想小鳳了，必須把小鳳忘掉，撤底地忘掉，心裡有小鳳，你永遠也別想培養對葉紅的感情。他就這樣，左也不是，右也不是，疲憊不堪地度過了一天。

到了晚上，雲龍愁上加愁。這一夜該怎麼過？以前連手都沒有拉過呀！他請葉紅先睡，自己準備坐一夜。葉紅「嗯」了一聲，面帶微笑，套上睡衣，順從地上了床。她總是以這種微笑，似笑非笑來對付他，而他，從來弄不懂她的笑究竟表示什麼意思。看著她那麼大膽，那麼從容，羅雲龍更加局促不安。他去了廁所，放下馬桶的蓋子，坐了好一會兒。忽然，他覺得，葉紅那彎彎的嘴角，半開的眼睛，根本不是笑！那是對他的輕蔑，對他的嘲弄，對他的譏諷！想到這裡，他的胸口鼓鼓地脹起來，有股氣要從他的嘴裡噴出來。他大步跨進房，大聲問道：「葉紅，你為什麼要嫁給我？」

葉紅已經躺在床上，被他一問，身體連著毯子像觸電似地彈了一下。但是，馬上平靜下來，仍舊不朝他看，眼睛望著天花板。雲龍越加生氣，脫口而出，說了一句很難聽的話：「你心懷鬼胎，到底想通過結婚得到什麼？」葉紅反問：「你為什麼要娶我？」她說得很慢，每個字就像敲錘子似的，乾淨利索地敲下來，敲得羅雲龍退到了牆邊。他張口結舌，失重失控，身體軟綿綿地落在窗邊的坐椅上。他終於懂了，原來葉紅是知道自己不愛她的，原來自己早被她看透了，原來她對這個婚姻是作了準備的。這時，他又一次地感到自己被押上了審判席。他心虛理虧，手腳冰涼。腦子裡，只見一個個字牌在遊行：愛情，婚姻，虛假，審判……。剎那間，他覺得自己成了罪惡深重的階下囚。從今天起，他就帶上了手銬腳鐐，他將永遠地被關在羞愧和無奈的籠子裡。啊哈，難怪葉紅要笑他，……。

他獨自胡思亂想，昏昏欲睡。突然，一個念頭在他的腦中閃過：他應該跪下來，應該請求葉紅的寬恕。他應該向她保證，他一定不再想念小鳳，從此以後他要一心一意地愛她。想到這裡，他好像得救了一樣。他搓了搓手，定了定神，準備轉向葉紅。

可是，葉紅面朝牆壁，已經進入了夢鄉。當他看到葉紅蒙著毯子呼呼入睡的樣子，他才知道自己實在過於認真了。既然葉紅那麼不在乎，自己何必自討苦吃？何況，愛情不能勉強。如果葉紅不愛自己，怎麼努力也是白搭。想到這裡，他坦然地上了床，睡到葉紅的身旁。他們各懷心事睡了，像一對老實人。

天亮前，雲龍上廁所回來，似醒非醒地把葉紅當成了小鳳。他翻江倒海地折騰了一番，高潮過後，卻抱頭痛哭。葉紅以為雲龍發現她不是處女而傷心，解釋道：「我從小學跳舞，……。」雲龍暗喜，否則，他如何解釋自己的失態？

十三

「文革」結束，葉彬得到重用，從手工業局調到科技局，並兼任市科委副主任，雲龍跟著青雲直上，從秘書到科長，從主任到經理，可謂馬不停蹄，春風得意。他給娘家換了新房，那房子是局裡分配給他的。岳父母的四室一廳留給了女兒女婿，自己搬到有服務人員照顧他們的高級公寓。雲龍的兩個弟弟也都高中畢業，在他的幫助下找到了好工作。雲龍對媽媽說：「下一步就是全國旅遊了，讓你享清福啦！」

結婚以後，葉紅從沒去過雲龍家，房子讓給公婆住，她不在意，也不去看看。雲龍父母從來不過問小夫妻之間的事，只要雲龍好他們就放心。雲龍知道，父母只有一個願望，希望早日抱孫子。但是，他們之間連性生活都不是愉快的，怎麼生得出孩子呢？有時候他猜想，是不是葉紅心中另外有人？想來想去，不太可能，因為葉紅沒有社交生活，甚至連一個外面的電話也沒有。也許，她愛的人死掉了。他想，那麼，為什麼不願意重新開始新生活呢？半死不活地過日子有什麼意思？他知道岳父母在到處尋醫，比誰都急。社會上的江湖郎中也請來，診脈抓藥。也許，生個孩子，真的能改變她的生活態度？

那個時候，只要有工作，就有醫療保險，看醫生也不用送紅包和走後門。江湖郎中並不是醫生，有的吹牛皮，有的身懷特技，私下要收很多錢。果然，葉紅在服用了兩個月的中藥以後，有了過性生活的願望。她主動地觸摸雲龍的陽具，扒開雙腿，讓雲龍輕易地進入身體。但是，總是閉著眼睛，看不到她內心的反應。沒多久，岳母帶一個保姆來家裡，告訴雲龍，葉紅懷孕了。葉紅從懷孕那一天起，就沒有再去上班，足不出戶，每天吃兩次中藥。家裡變得像醫院一樣，到處都是中藥味。郎中滿頭銀霜，留著山羊鬍子。兩個星期來一次，葉彬派車去接。診脈看舌苔，然後改變藥方。兩個月出頭，郎中連說大喜大喜，從脈象得知，葉紅懷的是兒子。就在全家欣喜若狂的那個週末，葉紅跟著母親去買孕服，回來大出血，被雲龍送進醫院。

這家醫院的婦科主任是雲龍的小學同學，鐵杆兄弟。他盡了最大的努力，孩子還是沒有保住。他對雲龍說：「一般來說，第一胎刮宮之後，很容易先兆流產。」

雲龍說：「別開玩笑了，這是她第一次懷孕，不知道吃了多少偏方秘方才懷上的。」

同學說：「以前打過胎，醫生刮宮時很容易辨別。我為什麼要騙你？」

雲龍幾乎昏蹶過去。原來，葉紅是個身體上，精神上都有病的女人！被出賣的恥辱，像毒蛇一樣纏住了他，一口一口地要把他嚼成碎片。他們做得多麼漂亮，欺騙利用了我，還要我感激涕零。回到辦公室，他打電話給葉紅，說今晚不回家。她居然不問原由，根本不在乎有沒有這個丈夫。

掛了電話，雲龍抓起一個玻璃杯，狠狠地摔到地上，他的心好像隨之一起爆裂。一地的碎玻璃把他包圍，像無數開了口的刀刃，閃著冷光。他衝出辦公室，一口氣跑到樓下，又拚命地蹬著樓梯，爬到頂樓。大樓裡空空的，別人都下班了。只有他，像只老鼠，上竄下跳，跑到全身麻木，透不過氣。他坐在樓梯口，頭髮散亂，解了扣的白襯衫，濕淋淋，都是汗。冷風像冰片一樣貼在身上，好像要剝他的皮。

小鳳時常在這個時候冒出來。如果葉紅是個正常人，生個孩子，雲龍恐怕也就得過且過，享受天倫之樂。他知道，生活就是有得有失。沒有葉家，他哪有今天？可是，他對自己越來越不滿意。在公司裡，誰都知道他是局長的女婿，識相的讓他幾分，聰明一點的拍他馬屁。他覺得自己是眾目睽睽之下的一個獵物，被包圍，被詐騙，被計算。他得不到真情。在家裡，常常是他在書房裡讀書，葉紅在客廳裡彈琴，誰也摸不著心。

他躺在沙發上，困得不行，卻無法入睡。他給小鳳打電話。小鳳住報社的宿舍，電話就在門口。他一邊哭，一邊喊：「小鳳，我要離婚！我要你回來！」

小鳳一邊聽一邊勸，說了許多話，都沒有用。最後，她生氣了，大叫：「你瘋了嗎？你和她半斤八兩！」

他愣了愣，好像被一根長針刺進了胸膛，理直氣壯的他，頓時詞缺言窮。他問自己，難道這是報應嗎？人生為什麼如此玄虛？明明看見的是一隻蘋果，摘到手裡，卻成了一塊石頭？我的眼睛，我的感覺究竟可信不可信？……這以後，他開始酗酒。酒後，他睡得好，還能瘋狂地做愛。

有一次，乘著酒興，他問葉紅：「爸媽是不是知道你打過胎？」

太太的臉「唰」地通紅。

「我不知道你在說什麼。」葉紅回答。

他伸手去捏她的臉。葉紅長得並不難看，五官端正，皮膚細膩，鵝蛋臉，丹鳳眼，只是鼻子長了一些，整張臉顯得有點不和諧。

「我不會怪你的。」他見葉紅忐忑不安，垂著眼睛，不敢看他，反而在她額上輕輕地吻了一下。

「葉紅，記得我們在杭州的那一夜嗎？」他想告訴真相。

葉紅卻轉身跑進了臥室，「啪」地關了門，緊接著傳來了淒厲的哭聲。

雲龍從此不再舊事重提，對太太也比以前寬容了一些。

有一次，他喝得酩酊大醉。葉紅穿了件喬其紗的連身睡衣，端了杯濃茶給他醒酒。那衣服薄得透明，葉紅窈窕的身材若隱若現。

「葉紅，你……真美，脫，脫了……把衣服脫了，我要看看……看看你。」他坐在床上，醉眼朦朧，邊說邊打著飽嗝。

「何必呢，我又不是三陪女。」

「你……是我老婆，……老婆，是不是？」

「你——！」葉紅夾著又扁又尖的鼻音，像要穿透他的耳膜。他住了嘴，頭痛，一陣噁心，胃裡的髒物像泥漿噴湧，淺了太太一身。酒後的他像死了一回似的，虛脫無力，但是，心裡卻從來沒有如此清醒。是的，他知道，賣出去的不是你，是我自己。我們倆在做一筆交易，而我已經輸得乾乾淨淨。

十四

這不是他第一次要求回到小鳳身邊。婚前和婚後，不知多少次，他找到報社，像無賴一樣等在門口，總是被小鳳趕走。他從來不懷疑小鳳依舊深深地愛著他，小鳳避而不見，是怕兩人的情剪不斷，反而毀了他的前程。雲龍不知費了多少口舌，最後，求得一年見一次面的機會：七月十四，小鳳的生日。

每一次見面，她總是笑吟吟，好像他們之間什麼事也沒有發生。他們去上海圖書館，到公園散步，坐在江邊聊天。但是，不能談感情。有一次，他不小心掉了眼淚，小鳳轉身就走，拉也拉不住。小鳳二十五周歲生日那天，他們倆在報社的讀者接待室裡見面。那時雲龍燕爾新婚，不到半年。

接待室裡，人聲噪雜，鬧得像個菜市場，不湊近，就像啞巴對聾子說話。一排排長椅的靠背特別高，面對面，像放大的蚌殼一樣，把人隔成一堆堆，這一堆看不見那一堆。

「生日快樂。」他積蓄了一年的情，全在眼睛裡。

「謝謝。」小鳳笑了笑。

「看著我，」他說，「這是你的生日禮物。」他遞給她一封信，要她當場讀完。

「不看。」她甩了一下頭髮，臉扭向牆壁，「你什麼都不用寫，我都知道。」

「那麼，說給我聽聽，看你猜得對不對。」

「不說。」

「要不要我念信？」

「雲龍，不要折磨人了。你走吧！」小鳳用手推他。

「你不說我不走！」雲龍拉住了她的手。

小鳳長長地歎了一口氣。如果在平常，她會馬上抽回自己的手，轉身就走。可是今天，是多麼特殊的日子！

她二十五歲了。

「到了二十五歲，你一定要嫁給我，你保證。」

「保證什麼呀？」

「不要裝傻！」

「你說麼。」

「保證白頭到老。」

「嗯，我保證。」……

一男一女的對話，好像從遠方傳來，時輕時響，重複不斷。眼睛裡總是看見雲龍的影子，忽明忽暗，繞著她轉。她甚至聞到了太陽熱烘烘的香味和令她心跳不已的感覺。思緒如潮水，呼嘯了一夜。早上起來，第一件事，就是給雲龍打電話。她想取消這次約會，可是，撥通了，又被她掛掉。

她到底不能戰勝自己。

她讓自己的手乖乖地留在雲龍手心裡，她想撲在他的肩膀上，大哭一場。她要責問他：「你的保證，你的誓言，為什麼說了不算數？」

小鳳閉上了眼睛，頭向後，像一座雕塑，一動不動地靠在椅背上。沉默了片刻，她說：「今天，我的二十五周歲生日，應該……，應該是我們結婚的日子。」話未說完，淚水像氾濫了一樣，越過黑亮的眼睫，一顆接著一顆，順著兩腮，晶瑩地流了一臉。

雲龍像被雷電擊中了一樣，「轟」的一聲，頭暈眼花。小鳳呵，能讀他的心！

「晚上去我母親家，記住，一定要去，我不等到你不會離開。」他一字一吐，說完，起身就走。

幾天前，他就告訴母親，小鳳二十五歲生日，我要單獨為她慶祝。每次提起小鳳，母親眼睛就要紅。她沒有女兒，小鳳比女兒還要親。他倆分手，母親總認為是自己的兒子不爭氣。現在的媳婦，他們幾乎沒有聯繫。所以，聽說小鳳要來家裡過生日，父母連連點頭。晚上，他們早早地吃了飯，帶著三個兒子出了門。不一會兒，母親又轉回來，悄悄地塞給了雲龍十塊錢。

雲龍把家裡收拾得乾乾淨淨，上穿一件熨燙平整的短袖白襯衫，下著黑色的薄料西褲。坐在窗邊等小鳳，他等這一天，等了整整三年！

窗開著，碎花布窗簾，在夜風中一起一伏，五斗櫥上的臺鐘「滴答滴答」，規規矩矩地踩著時間。「當，當，當」，臺鐘敲了八下，小鳳沒有來。雲龍想，她知道今晚不同尋常，她會來的。臺鐘又「當」了一下，八點三十分，小鳳還是沒有來。他有點坐不住了。但是又想，她不來，我也等，這一夜屬於小鳳。

九點鐘的時候，他覺得胸口悶得發慌，想出去走走。他打開家門，腳還沒有跨出去，就看見小鳳！原來她獨自坐在門坎旁，不知坐了多久。

雲龍驚得直朝後退，衝過去，一把從地上抱她起來，就像新郎抱新娘一樣，跨過門坎，把她抱到床上。他鎖了門，奔回來，「撲通」跪在小鳳前，酸楚的熱流湧向鼻尖，滿眼淚水，顫顫欲滴。

窗簾像旗幟一樣隨風飄揚，臺鐘如流水般地「咚咚」作響。雲龍淚眼汪汪問小鳳：「我，還配不配，求你做一回我的新娘？」

小鳳撲過去，抱住他的頭。

他給小鳳梳頭，換上他買的白色連衣裙。他抖開一頂雪白的圓頂蚊帳，帳頂著地，牽起小鳳的手，領她站在帳頂中央。雲龍緩緩地攏起紗帳，淡雲薄霧，冉冉繚繞，小鳳披上婚紗，如同一朵盛開的蓮花。……

夏夜的上海像廟會，熙熙攘攘，吵吵鬧鬧。馬路上，過往的人，腳穿硬底拖鞋，叭嗒叭嗒地像在敲竹板。路燈下，一堆堆的人群，坐在矮凳上，搖著蒲扇，有的打牌，有的聊天。還有人，腦滿腸肥，睡在露天，呼嚕呼嚕，鼾聲如雷。弄堂裡的老樹上，知了，小鳥唧唧喳喳。野貓妙妙叫，像捉迷藏似的，到處亂跑。有誰知道，在一間陳舊的小屋裡，一對男女，對天起誓……。

許多年來，雲龍半夢半醒。時光常常倒退，退到夏夜的婚禮，退到那年國慶節，退到大光明電影院，退到他們在報社相處的日日夜夜。過去的一個鏡頭，一句笑話，一個眼神，都像鮮花一樣點綴著他人生荒涼的旅程。而一旦神志清醒，心中的喜悅便煙消雲散，他覺得自己變成了一個不中用的東西，未老先衰，心灰意懶。

十五

有一天晚上，雲龍寫完了公司的季度報告，隨手翻了翻當天的報紙。突然，一條消息跳進了他的眼睛：一位年輕的記者，心肌梗塞死了。哎呀，他不是報社的一個師兄嗎？年紀比雲龍小幾歲，實習時，既是朋友，又是競爭對手，怎麼死了呢？他來自農村，家裡很窮，好不容易留在報社，找了漂亮的姑娘結婚，還有一個兒子，怎麼可能命歸西天？雲龍雙手捂著臉，整個身體倒向寫字臺，淚水沿著手臂孤零零地流。他好像看到這位朋友此時站在他的面前，瘦小的個子，厚實的肩膀，黝黑的臉膛。他請他坐下，他還是站著，一付匆忙要離開的樣子。羅雲龍知道他的心思：人到了死亡的邊緣，一定有數不盡的事情需要交代。可是，已經太晚了呀，來不及了呀！這位朋友一定留下了不盡的遺憾。他一定後悔自己活得太累，沒有好好地享受一番；後悔自己沒有給最親愛的人多一點的時間，多一點的溫暖；後悔自己沒有弄懂人為什麼要來這個世界走一趟。什麼前途，什麼理想？都是自己騙自己。如果，如果給我重新活一遍的機會，我一定……。他覺得自己變成了死者，自己就是那位朋友，那位朋友就是自己。他的呼吸像堵塞了一樣，只有出，沒有進。他用力咳嗽，抬高了肩膀作了深呼吸，只覺得吐出來的盡是白花花的陰氣。老天呵，如果讓我重新活一遍，我決不活得像現在這樣。我一定把愛放在第一位！人生在世，怎麼能沒有愛？沒有愛，等於白活了呀！他抹了一把臉上淚水，再看看報上的那條消息，眼珠一翻一翻，嘀咕道：老兄呵，去了也好，早去早好。……

他把報紙放進了抽屜，沮喪地揉著酸痛的眼睛，準備回家，可是轉而一想，我有家嗎？這個家還不是一個放大了的壁櫥，儲藏東西用的，而我就是一件東西，到了晚上，必得放進去。他覺得自己就像活在黑暗的壁櫥裡，哦，壁櫥不就是棺材嗎？一個放活人，一個放死人。

抽屜裡有兩瓶汾酒，是同事送的。他開了酒瓶，咕嚕嚕地喝起來。他不想回家，這個家寬敞舒適，曾經被他夢想，但是冰冷冰冷，不屬於自己。他邊呷酒，邊在辦公室裡走。他走到窗前，對著茫茫的星空發呆。夜幕上綴著無數的星星，有大有小，或遠或近，但是，永遠被定了位置，不能靠到一起。不是嗎？這顆大的是我，那顆亮的是小鳳。想著想著，他眯上了眼睛。這時，那顆閃亮的星星動了起來，只見它一點一點變大，變得像一朵白花，越來越大，朝他飄了過來。他也飄了起來，飄到了空中。周圍一片漆黑，沒有一點聲音，什麼也看不見，除了他和那朵白花。他看清楚了，那不是白花，是白色的披紗。呵，是小鳳！小鳳穿著白色的連衣裙，肩披白紗帳，在他的前方停了下來。小鳳！小鳳！他叫她，衝上去，想抱她，可是，小鳳總是在他的前方，無法靠近。

你好嗎？他在心裡說。他看見小鳳微笑著點了點頭，臉上的兩個小渦陷得更深。他也笑了。他說，我好想你，沒想到我們能在天上見面。小鳳還是笑。他也笑。兩人你看我，我看你，眨眨眼，揚揚眉，心領神會。小鳳，你真漂亮，你是永遠的新娘！他歡暢地笑起來，小鳳聽懂了，笑得更加嫵媚。……雲龍笑得合不攏嘴，他聽到了自己的笑聲，睜開眼睛，發現自己仍舊站在窗旁，沒有睡著，也沒有做夢。

從那以後，他很少按時回家，總是吃了晚餐，返回辦公室。別人以為他兢兢業業，在加班加點，這是他的祕密。他把門關上，窗打開，靜靜地坐在那裡，對著茫茫的星空，什麼都不想。漸漸地他覺得自己從軀體內脫離出去，天地在悄然地爆裂，擴展，膨脹，他升騰到了空間。然後，遠處飄來了一朵雪白的花兒。……他的酒癮越來越重，每每醉去，他就走了，離開了現實，進入了另一個世界。

羅雲龍變了。在別人的眼裡，他越來越謙虛，與事無爭，任勞任怨。白天，無論是開會，聽報告，寫文章，還是坐冷板凳，他都惟命是從，服服帖帖。他把自己看成一個演員，脖子裡套著一根無形的繩索，無論被牽到哪裡，他都馴服地跟著。他的頭銜漸漸地多了起來，職務也越升越高。而他卻越來越超脫。出錯誤了，他一人承擔，帶頭檢討；有了成績，則屢屢謙讓，把功勞歸於大家。無為而治，歪打正著，他成了受人擁護和尊敬的好領導。到了晚上，他卸了狀，還了原，進入幻覺。

十六

董事會決定撤銷駐外辦事處，派羅雲龍去美國料理後事。雲龍不露聲色地掩飾了內心的狂奔亂跳。開完會，他就去查時差，此刻正是美國的清晨，不能給小鳳打電話。

那天晚上，他把小燕給的美國電話，抄一個在通訊簿上，寫一個在卡片上，再貼一張粘紙在筆記本上。萬無一失時，他才放心回家去睡覺。這一覺睡得又沉又香，睡前連酒都不需要。第二天，他起了個早，到辦公室的時候，離上班還有兩個小時，他抱著電話，沉默了好久。

當初，沒有任何人告訴他小鳳出國了。有一天，他突然覺得報紙上怎麼好久不見了她的名字？是她當編輯了還是改行了？他給她打了電話，是總機說的，一個嬌柔的女聲：「你找李小鳳嗎？她出國了，去了快一年了，你不知道嗎？」

那天晚上，他在馬路上無頭無緒地亂走，好像迷路了一樣。當他來到淮海路的一條弄堂口，才知道已經到了小鳳的母親家。他想，進去問個究竟也好。雖然，他知道小鳳的母親不喜歡他，還是硬著頭皮敲了門。開門的人告訴說，李家已經搬走了，沒有留下新的地址。他覺得自己的身體像被掏空了一樣，立不直，站不穩。他想躺下來，他真想就這樣倒在馬路上，再也起不來。不知過了多久，他去附近的飯店吃了一碗麵，這時才知道已經是清晨五點。

他一邊吃，一邊回憶最後一次和小鳳見面的情景，搜索枯腸也沒有找到任何永別的蛛絲馬跡。他清楚地記得，她抱著他送的生日禮物，一套名人散文叢書，滿心歡喜。分別時，還主動拉他的手，搖了又搖。……噢，難道這就是她離別前的表示嗎？他們在公開場合是從來不拉手的。我怎麼沒察覺呢？想到這裡，他再也吃不下去。他沒有勇氣向報社的朋友打聽小鳳的下落，是他拋棄了小鳳，娶了高幹的女兒。他不能原諒自己。他曾經轉彎抹角地托人找小鳳母親的住址，小燕的工作單位，都沒有成功。現在，他終於有了小鳳的電話號碼，而且馬上要飛去美國，兩人即將見面。老天呵，這是不是你的安排？

他捏著小燕給他的那張紙片，好像看到一隻白色的小鳥，在他的手指間抖動翅膀。他舉手去撥號碼，伸出去的手又縮了回來。他從來沒有像今天這樣心慌意亂，她走了六年了，該說什麼好？她是不是已經有了對象，或者成了家？如果她不願意見他，怎麼辦？這些年，如果她記得他，也應該捎個信來，是不是他們的緣分已盡？想著想著，手中的紙片飛了出去，兜了個圈，落在地上。

他拘起電話，貼在臉旁，不禁熱淚滾滾。他像對老朋友一樣說著知心話：「電話呵電話，你可知道，我有一個心愛的風箏，突然斷了線，飛到了太平洋的那一邊。我找呵找，找了六年，終於找到了，你能幫我接起來嗎？」

他又對自己說，六年了，說什麼都是多餘的，只要能聽聽她的聲音，就滿足了。他莊重地拿起話筒，撥號前，給電話道了謝。電話響了兩遍，他聽見了一個女人的聲音。

「哈。」

咽口水。

「喂。」

「哦，你找誰？」

那是小鳳的聲音，雲龍欣喜若狂，好像嘴裡含了一粒糖，比蜜還要甜，他要細細品味，不停地

「小鳳，我是雲龍。」

「雲龍，羅雲龍嗎？」

「是我呵，小鳳。」

聽見羅雲龍的名字，小鳳還能保持鎮靜，聽到雲龍的聲音，小鳳噎住了。

「小鳳，小鳳，你在嗎？我要去看你。」

小鳳還是不出聲。

「你怎麼不說話呢？讓我聽聽你的聲音好嗎？」

「你在中國嗎？到美國來幹什麼？」

「公差。」

「你用公家電話打給我，算貪污，知不知道？」

「做牢我也不怕。」

小鳳噗哧一笑，說「你哪里弄來我的電話？」

「不能說，保密。」

「出差時間長不長？」

「不長，一個月左右。」

「你離婚了嗎？」

「你要我離？」

「不，你要離婚，我不見你。」

「保證不離。你在舊金山接我？」

「讓你們公司的人接。」

「他們在洛杉磯。」

「你先去洛杉磯。」

「不，我要從舊金山轉機，先去紐約。」

「好吧，我來接你。」

「不要掛電話。小鳳，六年前，為什麼要走？是不是因為我？」

「你有那麼重要嗎？」

「昨天我給你寫了好長一封信，在電腦裡找不到了。」

「用手寫，掉不了。」

「小鳳，你什麼時候回國？小鳳，……」

他有那麼多的問題！他還想問，這六年，她是怎麼走過來的？吃了不少苦吧？她的工作還好嗎？她喜歡穿什麼衣服？她剪什麼髮型？她不是不還愛吃鹹菜魚頭湯？……。

掛了電話，他像被按摩了一樣，血脈舒暢，神清骨爽。小鳳還記著他！還是那麼樂觀！聲音那麼好聽！叫他用手寫信！她還說，你要離婚，我不見你。如果她成了家，會這樣說嗎？……好個李小鳳，六年了，你一點沒有變！

他不能抑制自己去想小鳳，想到她，心就樂，樂得想跳起來。跳吧，跳吧，反正沒有人看見。他揮舞雙臂，在辦公室裡跳來跳去，對每一把椅子，每一張桌子，每一堵牆，每一片地毯，每一幅畫，每一本書，一遍又一遍地歡呼：「小鳳找到了！」

六年了，渺無音迅的六年！像一個鉛製的砣，掛在他的心頭，重得讓他承受不起，現在終於落了地！雲龍深深地吸了一口氣，半個身體探向窗外。呵，藍天正托著彩霞向他招手；新鮮的晨風送給他陣陣樹葉的清香；大地張開了手臂要將他擁抱。羅雲龍放聲大笑，他要笑聲穿過雲層，他要笑聲鑽透地殼，他要笑聲飛越千山萬水，……。小鳳，你聽到了嗎？

十七

美國，舊金山。豔麗的陽光，深秋，漫山遍野，色彩斑斕。小鳳向學校告了兩天假，今天要去機場接雲龍。望著穿衣鏡裡的自己，上穿一件藍白格子的運動衣，下套一條藏青的寬鬆褲，披肩的頭髮，紮了個馬尾巴，她會心地笑了。

幾天前那個電話，真是悲喜交集。一聽見雲龍的聲音，她像癱了一樣，兩條腿嗦嗦地發抖，整個人沿著牆壁往下滑。她不得不趴在地毯上，用身體壓住怦怦亂跳的胸口。往事，在幾分鐘內濃縮成一團火焰，要從她體內噴出來……。

姑媽從美國來上海探親，好像是從地心裡走出來的一樣。姑媽是四九年跟著大學裡的未婚夫走的，沒人知道她去了哪裡，成為戰爭中失蹤的家人。中國開放後，姑媽到祖籍處尋找老家，得知父母都死了，只有一個哥哥在上海。二十多年前，她還是個大姑娘，如今已經年近半百。哥哥也老了，頭髮稀疏，眼神憂鬱，完全喪失了年輕時的英俊氣概。姑媽與爸爸有說不完的話，又哭又笑，喜怒無常。母親知道姑媽要來，就想把小鳳送出國。等啊，等啊，等到兄妹倆說得差不多時，便把姑媽拉到角落裡，說要請她到鄉下去看看世外桃源。母親與父親商量好，這件事要由母親單獨說。

叫了出租車，來到上海郊區的一個江南水鄉，石拱橋，石板路，青瓦飛簷，青青垂柳，看得姑媽樂不思蜀。母親買了很多土特產，讓姑媽帶回家。一路走來，母親左右環顧，就怕遇到熟人。午餐時間，走進一家小飯店，叫了砂鍋童子雞湯，一把綠油油的雞毛菜，覆蓋在金黃的雞湯上，姑媽的眼淚又落下來，悲喜交加。一碗野薺菜包的大餛飩，姑媽舉著湯匙的手，不停顫抖，好不容易把餛飩送進口中，嚼一口，閉上眼睛，好像陶醉了似的。母親說：「多吃點，只要在上海，我天天做給你吃。」這時，母親才開口說：「真是不好意思，我們有件事想拜託您。」話沒說完，眼睛先紅了。

姑媽歎了口氣，說道：「別哭別哭，慢慢說。」

「唉，家醜不得外揚，我們無路可走，只能求你挽救我們的孩子。」母親嗚嗚咽咽地說：「大姑娘已經把身體交給了她愛的男人，結果被拋棄了。西方人不在乎，在中國永遠是見不得人的恥辱。我們想讓她到美國去讀書，留在那裡別回來了。」

姑媽說：「鳳兒當記者，是很優越的工作，無冕之王。自費去美國讀書很艱苦，她願意嗎？」母親說：「小鳳去過農場，什麼苦都吃過，她不計較。」

「只要她願意，我給她辦。」姑媽一口答應。

第二天，姑媽問小鳳：「英文書看得懂嗎？」小鳳點點頭，說她讀了四年夜校，拿到了大學本科學位。「願不願意去美國讀幾年書呢？」姑媽笑眯眯地問。小鳳看媽媽，媽媽點頭，她就答應了。讓女兒遠走高飛，父母把所有的積蓄換成美金讓小鳳支付第一個學期的學費和住宿。母親把年輕時穿的旗袍和毛皮大衣從箱底翻出來，打進小鳳的行李，一邊整理一邊淚水涔涔。「我們小鳳命苦啊！」她說，「連一件漂亮的衣服都沒有。」姑媽說：「到了美國，我給她買衣服。」

臨走前一天，全家到國際飯店吃了晚餐。就在那天，父母親告訴兩個女兒關於爺爺的身世。姑媽說了自己流亡臺灣，轉去美國的經歷，說到沒能給父母送終時，哭得泣不成聲。父親說：「現在開放了，先把小鳳送走，小燕去考大學，早晚也得走，這樣，我們才能永遠擺脫惡夢。」媽媽說：「我們在恐怖中活了一輩子，不能讓孩子像我們一樣。」

沒多久，姑媽果然把美國大學的入學通知寄來了。去機場時，母親抱著小鳳一會兒哭一會兒笑。「鳳兒啊，這一走，不是去農場，當天能回來。我們母女不知道哪天才能相會。你知道媽媽的苦心，到美國好好讀書，成家立業。」母親把最重要的話留在分手時，在小鳳耳邊輕輕地說：「記住了啊，一定要斷絕和羅雲龍的一切聯繫，一定要記住！」

「一定！」她答應了母親，悄悄地走了。六年來，沒有和羅雲龍有過絲毫的聯繫。好像一個重新起跑的運動員，她一鼓足氣，讀出了學位，找到了工作，有了自己的新生活。她知道自己不應該去機場，不應該去見他的。她不準備去的，她拒絕過，推脫過的。但是，另有一種力量，像一個不講道理的野孩子，把她的理智統統趕走。野孩子太強大，太固執，太不顧一切，像潑婦一樣地尖叫，我要去，我要見他！……掛了電話，她抱頭痛哭。羅雲龍呵，你為什麼要打電話？你為什麼要來？六年了呵，忘記你，多麼不容易！我給你寫過信，被自己撕了，我給你寄過書，到了郵局，再拿回來。你是我心底的一個空洞，本來已經被歲月覆蓋，被時間填滿。可是，一個電話，把你送到我的面前，我怎麼能對你說ＮＯ？

來美前，她三十六歲，不缺追求者，但是，一個也看不中。母親就知道是因為羅雲龍的關係。送女兒出國，一千一萬個捨不得，但是，與其生活在羅雲龍的陰影下，不如把小鳥放出籠，讓女兒有個新天地。小鳳來美後，在大學裡有過男朋友，後來在工作中遇到同事傑克，如同塵埃落定，心中泛起幸福的浪花。沒想到羅雲龍再一次闖進她平靜的生活。這幾天，她活得糊裡糊塗，一會兒像得大病一樣沉重，一會兒又像中大獎一樣興奮。

傑克以為小鳳病了，要帶她去看醫生。小鳳不明白自己為什麼甩不掉這個不值得愛的男人。她說：在那個大雨天，雲龍說要分手，其實他在做愛前已經改變了主意。是自己，給他們的關係劃上句號。二十五歲生日時，是她的第二次機會，但是，她又輸了。以後，雲龍多次想離婚，都被自己阻止。出國六年，自以為永遠地斷了，可是，聽到雲龍的聲音，她靈魂出竅。……

「既然你愛他，為什麼要把他推開？」傑克說。

「唉，」小鳳歎氣。「你不知道在中國，男人沒有出息要承受多麼大的精神壓力！我不割愛，斷送了他的前程，我承擔不起。」

「但是，你為了他而痛苦，他為你痛苦，為什麼要互相折磨？」

「但是，他有事業上的滿足，這是他一直想要的呀！」

小鳳的眼睛好像蒙上了一層霧，對面的傑克，高個子，藍眼睛，金色的捲髮，此刻變得模模糊糊。她和傑克的戀愛就是為了有個伴，相敬如賓。她終於懂了，在心底裡，她和雲龍從來沒有真正地分手。當年的分別，就像雲龍去參軍，去比賽，現在復員了，凱旋而歸。

十八

候機廳，人潮如湧。

早早地等在圍欄旁，位置正對著出口。她伸長了脖子，踮起了腳尖，眼光拋向最最裡面。旁邊的人擠過來，她不客氣地擠回去。每一分鐘都被拉長，前面的人走得太慢。她焦躁不安。

呵，雲龍！高高的個兒，走在人群的後面。是雲龍！推著行李車。呵，他穿那件米色的夾克衫！呵，他還是那麼炯炯有神，瀟灑英俊。呵，他的兩鬢怎麼……怎麼變得灰白？

等他走過來，小鳳擋上去，大眼睛裡淚光閃閃，苦苦地看著他，咬緊唇說不出話。

雲龍的眼睛正向遠處搜索，沒想到小鳳就在眼前。「小鳳！」他緊急剎住，後退了幾步，上上下下不停打量。

「李小鳳，你真年輕，像個運動員！」

小鳳瞪大了淚眼，一句話都沒有。

雲龍一手推車，一手拉著她。走到門口，又停下，對她從頭看到腳。

「雲龍，你好嗎？」小鳳哽咽道。

「好，真高興。」他彎下腰，臉擱在她的肩膀上，輕聲說，「小鳳，不哭好不好？」

雲龍用手掌抹去她的眼淚。一湊近，小鳳看見，他的眼睛，濕露露，一顆淚珠奪眶而出。

雲龍只有一天的時間，第二天要飛紐約。小鳳問，去她家，還是住旅館？

雲龍說：「就在這兒，我們沒有時間，什麼地方都不去。」

小鳳說：「那怎麼行，你有時差，需要休息。再說，吃飯，清洗，……。」

雲龍說：「只要有你陪我，不吃不喝都行。」

小鳳瞪了他一眼：「你呵，你永遠也長不大。」

他們去了機場附近的旅館。泊完車，雲龍說：「記住，訂一張大床。」

小鳳訂了兩張大床。

雲龍開門一看，馬上退了出來，說：「我不住。你不聽指揮。」

小鳳說：「一個房間兩張床，大家睡得舒服些。」

雲龍說：「兩張床我沒法回去報銷。」

小鳳「吃吃」地笑：「別耍我了，發票上才沒有幾張床呢！」

進了屋，小鳳問：「要不要空調？」

「要，越冷越好。」

「我怕冷，開小一點。」

「有我，你還冷？」雲龍道。

小鳳「咯咯」笑起來：「你睡空調旁邊的那張床。」

雲龍說：「你怎麼變得這麼挑剔？」

小鳳眉眼間盛開一串串迷人的笑花。

「我給浴缸灌了水，你先洗個澡。」小鳳說道，從洗手間出來。

雲龍進去了，不一會兒，在裡面叫小鳳。

「什麼事？」小鳳站在門外。

「進來，我需要你幫個忙。」雲龍說。

「是不是水溫不對？」小鳳開了門，探頭進去問。

「過來呀，我告訴你。」白茫茫的水氣蒙著他的聲音。小鳳一腳跨進去，霧中，浴簾敞開，看見雲龍赤條條坐在水裡，露著光光的肩膀。「小鳳，我想說句悄悄話。」他轉臉，手一伸，把小鳳拉著了。

「看你，就我們兩人，神經兮兮。」小鳳折腰，耳朵湊過去。

「你答應我，結婚後，當清潔工，能不能擦擦我的背？」

「我沒有嫁給你！」小鳳手一甩，就想走。

「嫁了，在你二十五歲的時候。」

二十五歲！她神色突變，腿一軟，跪在浴缸旁。二十五歲的李小鳳，剎那間，像光一樣，填滿了她。那個夏夜，窗簾撲赤撲赤地飄，雲龍掛著淚，帶著笑，扶她進了白紗帳。呵，那白紗帳，就像冉冉的蒸汽，籠罩著她，……。小鳳倒向雲龍，抱著他的頭，交頭纏綿，熱淚滾滾。她斷斷續續地說：「哦，雲龍……親愛的，……我給你擦，哦……，我給你擦。」回身從浴架上取一條小毛巾，蘸透了水，輕輕地淋著他的背，蒸汽裡散發著肥皂的香草味，……。

太陽落山的時候，小鳳去附近的中國餐館買了兩盒快餐，出門前，關照雲龍打個盹。回到旅館，雲龍已經進入了夢鄉，睡在靠近空調的那張床上。他身旁，鋪著從另一張床上拿來的毯子。毯子一折為二，厚厚實實，好像在說，夠暖和了吧，小鳳！

這就是雲龍！她忍不住彎下身去吻他寬闊的前額。……

吃飯的時候，小鳳問雲龍：「我們六年沒有聯繫，你怎麼知道我還愛著你？」

「我們之間，」雲龍把一筷牛肉片送進嘴裡，一邊嚼一邊說，「我們之間有密碼，只有你知我知，無論條件起什麼變化。」

小鳳抿嘴笑道：「你有沒有想過，我有男朋友，是不是結了婚？」

「想過的，那有什麼關係？」說完，身體傾向小鳳，盯著問：「沒結婚？」

「沒有。」

「有男朋友了，是不是？」

「談過幾個。」

「好不好？」

「沒有你好。」

「真的？」雲龍的眼睛睜得又大又明亮。

「現在也有一個。」

「噢？他好嗎？中國人還是美國人？」

「美國人，同事。」

「你們準備結婚嗎？」他用打火機點煙，「卡嚓」，「卡嚓」打不出火。

「結婚？沒想過，我們認識不久。」

「他知道我們的事嗎？」

「知道一些。」

「他不吃醋嗎？」

「吃醋？」小鳳放下筷子，俏皮地笑了，「你吃醋了，是不是？」

「有一點。我是個小氣鬼。」雲龍勉強擠出了個笑臉，笑得非常不愉快。

「嗨，你吃呀，味道怎麼樣？」小鳳感覺到了雲龍的不快，後悔不該談這個話題。她是無意的，說著玩的，她自己都不知道為什麼要這樣問他。也許，是為了證明他們兩人之間無可阻擋的愛情？為了證明她愛雲龍超過任何男人？她有個男朋友有什麼了不起，她不是來見雲龍了嗎？不是來陪他，陪到他離開嗎？

她夾了一筷菜到雲龍盤子裡，再問：「好吃嗎？」

雲龍好像沒有聽見。他靠在椅背上，與桌子保持著一段距離，雙臂交叉在胸前，臉上故作鎮靜。

「他知道我來嗎？知道你和我一起過夜嗎？」雲龍問道。

「知道。」小鳳不在意地答著，「嗨，你怎麼不吃呵？」她直起身體，還要夾菜，被雲龍擋住：「你自己吃，我已經飽了。」

他點著了煙，慢慢地抽，等著灰白的煙霧漸漸改變屋內的氣氛。

小鳳也放下了碗筷，柔聲道：「雲龍，你怎麼啦？」

「你和他很合拍，是不是？」他問。

「許多地方，是的。」小鳳眨著大眼睛，誠實地說。

「什麼地方不合拍？」雲龍的眼光沉沉地落在小鳳的臉上。

「雲龍，看你……」小鳳正想數落他，突然叫道，「哎呀，你的手怎麼抖得那麼厲害！」

她一把捏住他的手腕，殘剩的煙頭掉到了地上。

「我想喝點酒。」他掙脫了她的手，把椅子一推，跌跌撞撞，奔去洗手間，鎖上了門。靠在門背後，他大口喘氣。頭上，好像紮著千萬根針，鑽心地疼，眼冒金星，玻璃窗閃著刺眼的白光，樹影倒在牆上，如群魔亂舞。他覺得頭重腳輕，唇乾舌躁，他想喝酒，酒……。

「雲龍，雲龍，」小鳳敲廁所的門：「你怎麼啦？開門，快開門！」

他用冷水洗臉，沖頭，胸口濕了一大片，還是趕不走煎熬和折磨。他轉向浴池，淋浴器像衝鋒槍一樣爆射，他跳進去，寧可被鞭打，寧可被沖走，……

出來時，他的臉上，水淚交混，睡衣睡褲，滴水不止。小鳳趕忙用大浴巾把他裹緊，關了空調，轉過身來，幫他上上下下擦個不停。

「你為什麼要待我這麼好？為什麼！」雲龍推開她，吼道，「我是個混蛋！我是個混蛋！」他用浴巾蒙住臉，「你走吧，我耽擱了你十多年，你走吧，還來得及！」他像一個輸盡的賭徒，揮舞手臂，把毛巾，衣服亂扔一地。小鳳嚇得往後退。

雲龍倒在床上，縮成一團，全身痙攣。小鳳走上去，給他解扣，扳手，脫了睡衣，裹上毯子，幾個枕頭疊在他的背後，再去端了一杯熱水，婉聲道：「你累了，休息吧！」說完，蹲下身去收拾東西。

十九

夜深人靜。遠處的田野傳來青蛙低沉的鼓叫。風吹過，窗外的樹葉「呼啦啦」像群鳥兒撲展翅膀。

「小鳳。」雲龍趴在床上，伸手一摸，摸著了她的手。

「嗯。」小鳳醒著。

「你恨我嗎？」

「為什麼要恨？」

「我對不起你。」

「那麼多年了，還提它幹嘛？」

「你給我一個改正的機會。」

小鳳向外翻了個身，沒有回答。

他側向小鳳，手肘托著下頷，一口氣談了這些年來他的變化。他說，自己年輕的時候不知天高地厚，只想出人頭地。現在才懂得人的願望無止無境，登上這座山，山外還有山，爬了一輩子，付出了青春，付出了生命，也爬不到頭。以前覺得進了辦公室，搖搖筆桿子，能受人尊敬，其實，尊敬來自內心，失去了自尊，別人怎麼捧都沒有用。他告訴她，常常在晚上，在遐想中與她相會，否則，他可能活不到今天。他說，這次來，如果小鳳能給他一個機會，他決心離婚，哪怕處分，撤職，他都不怕。……他說，他不知道小鳳有了男朋友，如果她覺得幸福，他為她祝福。

小鳳認真地聽著，一會兒皺眉，一會兒抿唇，一會兒點頭，最後，她哭著撲到他的胸口，嚶嚶抽泣。

雲龍感覺到了事情的複雜。他用被單輕輕地抹她的眼睛，一邊問：「小鳳，你愛你的男朋友嗎？」

「他很不錯。」

「那麼，我們沒有可能重新開始？」

「我想過的，不知想過多少次。但是，我們不能太自私。」小鳳擁著毯子，坐了起來。

「什麼意思？」雲龍用手肘推推她。

小鳳說，她知道雲龍在婚後不幸福，知道他多次想離婚。如果她想與雲龍復合，早在出國前就應該告訴他了。但是，她不能。她說，當年，你不負責任地娶了葉紅，今天，更不應該不負責任地將她扔掉。「我想，你和我一樣，愛上了，就著迷。如果我走了，大家再也不相見，也許，能改善你的婚姻，也減輕我的痛苦。」

「可是，事實並非如此。」雲龍打斷她。

「是的，所以，我們受苦。」

「你同意我離婚，我們都不會再痛苦下去。」

「我們應該受苦，應該受到懲罰。」

「你胡說些什麼呀！」雲龍也坐起身來。

廁所裡傳來「咚，咚」的漏水聲。小鳳披衣，去關水龍頭。出來時，被雲龍截在門口。他的兩條手臂像鉗子一樣，把小鳳夾在中間，夾得那麼緊，好像要和她合為一體。這份力氣和第一次做愛時他抱小鳳上床的感覺一模一樣，讓她感到骨頭生疼，卻毫不在乎。

雲龍壓低了嗓門嘶叫：「寶貝，我不能沒有你！我們不要折磨自己了，好不好？我求求你！讓我接你回家！讓我離婚！讓我娶你！你不應該受到懲罰！」他好像在強迫小鳳接受他的決定，不給她喘息的餘地，「我今年五十，剩下的日子不多了。讓我名正言順地給你幾年，讓我們白頭到老，讓我們死在一起！小鳳，我求求你！」

一陣心悸，小鳳癱在他懷裡。她的臉頓時扭曲了起來，緊閉著眼，臉色蒼白。她最害怕的時刻終於來了，滿腔的愛，滿腔的恨，像沖天的潮水，洶湧而起，怎麼也阻擋不住，壓不下去。

「你怎麼啦？你說什麼？」雲龍感到小鳳的重量都落到了他手裡，急忙抱她回床，耳朵貼著她的嘴，焦急地問道。

「水，我要喝水。」她強撐起來，去拿茶杯，可是手不停地抖，指關節都失了靈，僵硬得像個破舊的皮手套，茶杯怎麼也握不住。

雲龍端起茶杯，喂她喝水。小鳳連喝幾口，水含在嘴裡，咽不下去。突然，「哇」地一聲，嘴唇崩開，噴得雲龍滿頭滿臉濕淋淋。她雙手抓住雲龍的衣服，捂在臉上，嚎啕大哭，一邊哭，一邊猛撞他的胸膛：「都是你，都是你！……你作的孽呵，我為什麼要愛你？……為什麼呀？你不值得我愛，……不值得我愛的呀！」

雲龍淚水漣漣，任憑她罵，任憑她撞。

過了好久，小鳳哭累了，安靜地枕在雲龍的臂彎裡。雲龍捋去小鳳臉上被淚水粘住的頭髮，眼睛裡又柔又悲：「小鳳，我知道我不配。從第一次看到你，我就知道我不配。但是，我們分不開，對不對？我們分開過，我們六年不見，但是，我們還是分不開，對不對？」

他的手一圈又一圈地揉著小鳳的背，又疼又愛：「是我的錯，我對不起你。我們受的懲罰夠多了，夠重了，小鳳，離婚不是犯罪，你要給我機會。」

他把小鳳整個兒地摟在懷裡，一邊親她，一邊說：「我回去就辦離婚。我們把婚禮辦在人民廣場，人越多越好。你披最漂亮的白婚紗，我抱你進新房。」

她紅腫著眼睛，一會兒說中文，一會兒說英文，一邊拭著淚。她說：「什麼都不要，只要和雲龍相依為命。」她的要求是那麼可憐，她的欲望是那麼單薄，可是，她得不到。

雲龍說：「什麼都能得到。婚禮後，我們度密月，去旅遊。先游國內，再遊歐洲。」

小鳳嘟起小嘴，別過臉去：「哪裡都不去！」

「那麼，你要怎麼辦？」

她伸出拳頭，捅在他的懷裡，教訓道：「你！給我留在這裡！不准回家！就像當年你不讓我回農場一樣！」

「是嗎？」雲龍樂了，「呵呵」笑道：「你這麼厲害，我倒要慎重考慮。」

「雲龍，」小鳳親昵地吊著雲龍的脖子，一左一右輕輕地搖。她說：「我想過的麼，夢裡也想，你離婚，我們在一起，再也不分開。我夢想我們留在美國，與過去的痛苦告別。在我的夢裡呵，你我白髮蒼蒼，你還是摟著我吃飯，抱著我洗碗。」

「哪能等到白髮蒼蒼？」雲龍的眼睛裡閃著光芒，笑著問：「還夢見什麼？」

「然後，我們死了，死在一起。」

「瞎說。我們在一起就不會死，你信不信？活得開心，長命百歲。」

「雲龍，可惜我們不能有自己的孩子。」

「為什麼？」

「我太老了。」

「你像以前一樣年輕。」

「高齡產婦很危險的。」

「那就不要孩子了。」

「多麼可惜。」

「你想要孩子？」

「你不想嗎？」

「你就是我的孩子。」雲龍撲倒在她身上。

「嘻嘻，你這個壞蛋！」小鳳把手伸到雲龍的胳肢窩裡。雲龍怕癢，大笑，抱著小鳳在床上滾來滾去。

飛機的呼嘯聲從窗外傳來，挽上他們的歡樂直沖雲霄。

二十

雲龍去了紐約，又飛到洛杉磯，一個月裡不知給小鳳掛了多少電話。常常在晚飯以後，小鳳才開始批改學生的作業，電話鈴響了，一談就掛不掉。雲龍說，他很寂寞，想小鳳，尤其想到身在美國，兩人那麼接近，卻不能在一起，胸口堵得要生病。他幾次提出，要飛去舊金山度週末。小鳳沒有同意。

小鳳為了工作，不得不拒接電話。可是，雲龍留在錄話機裡的聲音，既真實又可憐。好幾次，她想鬆口。來就來吧，她也想雲龍呵，想得發瘋，反正這是在美國。但是，腦子裡又出現了另一個李小鳳，冷靜的，負責的，講道德的女人：「你們不會有結果的，你無法逾越那些障礙，好自為之吧！」兩個李小鳳，天天吵架，天天對罵。那段時間，小鳳心力交瘁。她強裝笑顏去上課，回到辦公室就趴在桌上，像斷了氣一樣。

一個星期五的下午，上完了課，傑克要請小鳳吃晚飯。

小鳳說：「哪裡也不去，只想回家睡覺。」

傑克說：「如果你不介意，我去你家，燒給你吃。」

小鳳說：「NO，我想休息。」

「你需要幫助，小鳳！」傑克終於把話挑明，「看你，自從來了那個中國的男朋友，你變成什麼樣子？」

「我愛他，你不懂。」小鳳說。

「這是愛嗎，小鳳，這是自殺！」他伸手撫摸小鳳烏黑的頭髮，眼睛裡籠罩著疼惜之情：「小鳳，我不反對你和昔日的情人來往，我相信，二十多年來，你還留戀他，這感情不同尋常。但是，你應該開心，應該輕鬆，應該面目一新。為什麼你像被剪斷了的花枝一樣，一天比一天枯萎？」

傑克五十出頭，寬肩膀高個子，濃眉大眼。此刻，像充足了電源的機器人，在辦公室裡無目標地來回走。

小鳳埋在寫字臺上的臉轉向傑克，勉強睜開眼睛。

「傑克，你真好，你不妒嫉。」小鳳有氣無力地說。

傑克趕快湊過去，彎腰蹲在她旁邊：「親愛的，讓我陪你去散散心。」

小鳳微微一笑。

「去墨西哥餐館好嗎，山頂上的那一家？」

她點點頭。

晚上，傑克開車，沿著山路，盤旋而上。他插了一張墨西哥民歌的盤片，一邊開，一邊哼起來。他有一付好嗓子，一手扶著車輪，一手在空中打拍子。歌曲奔放明朗歡快，到了高音區，他轉過臉來對著小鳳唱。小鳳提醒他說：「專心開車！」臉上綻開了一朵笑花。

這是一家淳樸浪漫的餐館。進門是酒吧，櫃檯的上空懸掛著老式的銅製鍋盤餐具，牆上是墨西哥的風景畫，被鑲在本色的粗木鏡框裡。酒吧前有個小舞池，以前，他們約會時，曾經來這裡跳舞。

傑克牽起小鳳的手，輕鬆地踏進了舞池。他是個成熟的男人，抬手舉足都很有分寸。他彎臂輕輕地搭著小鳳的腰肢，隨著音樂慢慢地起步。他挪動身體時，柔和而且溫存，好像小心翼翼地在哄孩子睡覺。在他的心中，小鳳就是個應該受保護的孩子。他周圍的人，都喜歡把自己一層層包裝起來，像裱了花的蛋糕。只有小鳳，一刀切到底，又簡單又直率。

舞曲改變了節奏，音樂像生命的拉拉隊，高呼著「加油！加油！」周圍的人都在激烈地扭動，相撞，俯衝。小鳳的腰直了起來，腿有了彈性，他倆一進一退，一個旋轉，一個迂回，時而像波浪，時而像溪水，好像舞進了心曠神怡的世外桃源。

坐下來喝酒的時候，傑克眉開眼笑：「看你，跳個舞，把憂愁都跳走了，多好！」

小鳳擦擦臉上的汗，喘著氣說：「老冤家了，去了，還是要回來的。」

傑克聳了聳肩，挽起小鳳，來到外面的露天餐廳。

天上一輪彎月，被星星圍著，桌上盤盤蠟燭，如豆火般跳躍。傑克握著酒杯，靠在一顆棕櫚樹上。他把小鳳拉到身邊，問道：「Do you mind telling me why you are so upset（你介不介意告訴我，你為什麼這樣痛苦）？」

小鳳咬著下唇，眼睛一眨一眨，彷彿在尋找最簡單的答案。她想說，……，想說，……。但是，都被她否定了，唉，要向美國人解釋複雜的感情真是不容易！突然，她想到了一個比喻，說道：「你知道我愛吃米飯，從來吃不厭，是不是？到美國，別人吃土豆，麵包，意大利麵條，我呢？」

「你還是吃你的米飯。」傑克說。

「對了，如果沒有米飯供應，我餓了，什麼都能吃一些。但是，如果讓我選擇呢？」

「你選擇米飯。」傑克說。

「而且我知道米飯的營養並不比其他糧食好，對不對？」

傑克笑了，「你真聰明。」

「我是死腦筋。」小鳳說。

「心理學。」

「你明白了？」小鳳問。

「明白了。」傑克說，「因為這碗米飯不是你的，你覺得有愧有罪？」

小鳳背過臉去，凝視星空。

傑克按著她的肩膀，兩人坐下來。小鳳趴在桌上，低頭不語。

傑克趕忙說：「小鳳，我們去跳舞。」

「我想坐一會兒，」小鳳輕聲道：「講出來好，心裡舒服些。」

「會好的，小鳳。」傑克輕拍她的手，說道，「他愛你，不愛他太太，你沒有必要內疚。」

「可是，他太太並沒有要求離婚，他們一起生活了那麼多年，難道不意味什麼嗎？」

傑克呷了口酒，遲疑了一會兒，說道：「是的，人生能有幾個十年？但是，愛情不能勉強，越拖越痛苦。」

「你是說，拖著反而對不起他的太太？」小鳳的圓臉突然拉長，驚訝地問。

「你不認為嗎？」

「我，……，我沒有想到。」她若有所思地答道。

一陣風吹來，桌上的燭光歡快地跳躍。小鳳把自己的長髮攏在一起，一邊撫弄，一邊問傑克：

「如果他的太太不想離婚呢？」

「婚姻是兩個人的事，就像跳舞，缺了一方，舞就跳不下去。」

「可是，如果她寧可守著沒有愛的婚姻？」

「那就更加可憐，等於有了病，不肯就醫一樣。記得我的故事嗎，沒有愛情的婚姻是不治之症。」傑克在婚姻破裂了四年以後，才下決心離了婚。這時，小鳳像坐上了彈簧一樣，驀然跳了起來，晃著腦袋環顧四周。

傑克跟著站起來，問道：「你要什麼？找什麼？」

「我，……，我找到了……。」她跺著腳，不知道說什麼好。她覺得……，覺得心中的那個野孩子好像突然間長大了，長得高大成熟。她好像，好像敲碎了枷鎖一樣，突然間變得自由了。

「我……，傑克，我找到了鑰匙！」

「鑰匙？」

「是的，鑰匙！」她的眼睛裡灌滿的淚水，「是的，開鎖的鑰匙！」

這時候的小鳳，幾乎想跳上餐桌，對整個世界宣布：大家聽到了嗎？——沒有愛情的婚姻是不治之症！這時，她才知道，愛情是沒有道理可講的，只有愛，愛意味著一切！她握著傑克的手，不停地跳躍歡呼：「傑克，你是我的證人！我……，我解放了！是你救我了！他們互不相愛！他們之間沒有愛情！他們都痛苦不堪！傑克，我要怎麼樣感謝你呵！」

她像瘋了一般，甩了一下披肩的長髮，逕自奔向空曠的停車場。她的長裙像天使的翅膀，在身後隨風飄揚。她挺立於天地之間，只覺得天空又高又遠，廣闊無邊，只覺得月光特別明亮，夜空如深藍的水晶，一閃一閃。她覺得自己她像被清風托了起來，在神祕的宮殿裡暢遊。……

回到家已是深夜。小鳳容光煥發，笑語琅琅。汽車停在小鳳海邊公寓的樓下。海風清涼，捲著濤聲追過來，點點頭又往回走。傑克下車，跑到車的另一邊，為小鳳開門。小鳳的腳剛著地，一雙厚實的手已等在眼前，扶起她，出了車。小鳳關了車門，傑克張嘴笑，露出潔白的牙齒。小鳳站住不動，傑克走過來，彎腰擁抱她，抱得好有感情。

他說：「小鳳，我的小天使，謝謝你，謝謝你！」

小鳳秀眉高聳，手指點著自己的胸口：「為什麼要謝我？應該是我謝謝你。」

傑克說：「我要你快樂，你做到了，我要謝謝你。」

小鳳感動地偎依在傑克的肩膀上，細聲道：「你還要我幹什麼？我一定盡力去做。」

「快樂，快樂，快樂！」傑克連說三聲。

「一定，一定，一定！」小鳳邊說邊點頭，爬上傑克的肩膀，翹著嘴，吻了晚安，一溜煙奔上樓梯。

「好姑娘，我相信你！」

小鳳在樓上向傑克招手，只覺得傑克的聲音留在夜空中，像節日的煙火慢慢地散開。

二十一

葉紅先兆流產之後，醫生診斷她患了憂鬱症。最好的辦法是再讓她懷孕一次，生個孩子。那個時候沒有體外受孕和代孕技術。郎中成了家裡的常客，鈔票像水一樣往外流。葉家兩老並不知道這對小夫妻已經分房睡了好幾年。葉紅一直不說，雲龍經常醉醺醺回來，吐得到處都是，她恨不能把他從家裡趕出去。但是，父母老了，一身的心血和積蓄都花在自己身上，自己卻那麼不爭氣，婚姻和生育都失敗。葉紅心裡十分內疚。雲龍睡在客房裡。葉紅服了中藥，偶爾屈尊，半夜爬到雲龍的床上。雲龍作愛時，完全活在夢裡，嘴裡含糊不清地叫著別人的名字。後來，她聽說，酒後懷孕的孩子有可能先天不足，再也不去了。

葉紅不吃藥，把郎中的處方扔進垃圾桶。保姆告訴了葉夫人，葉紅把保姆辭退了。葉彬火冒三丈，當著夫人的面把茶杯摔在地上，滿地都是破碎的瓷片和茶葉。夫妻倆從來不吵架，終於為了女兒互相責怪，大吵一場。葉夫人說：「是你堅持要打胎，如果藏到鄉下生下那孩子，我們還能通過辦領養手續帶回來。」葉彬嗤之以鼻，反駁道：「馬後炮！當時我被打倒在地，你有膽量讓女兒非法生孩子？你忘記了去鄉下打胎時，你們隱名埋姓，嚇得半死？」葉夫人說「你挑的女婿，根本不愛葉紅，否則為什麼要分床睡？」葉彬說「相愛是雙方的，你去問女兒，她愛雲龍嗎？」

葉夫人把葉紅接回家，葉彬要把女兒趕出去。葉紅嚎啕大哭，說她不想活了。葉夫人跟著一起哭。葉彬一把拉老婆到廁所裡，呵斥道，孩子有病，別給她火上加油！葉紅跪下來，哀求父母不要讓她和雲龍住在一起。葉彬怎麼能答應？他是局長，女婿是公司總經理，家醜哪能外揚？葉彬心疼女兒，卻無能為力，這件事，一直拖到雲龍出國，葉紅才住回娘家。

葉夫人要陪女兒睡，葉彬獨自躺在床上通宵不眠。回想自己的一生，童年無憂無慮，受盡寵愛，父母哥哥奶媽傭人都把他當寶貝一樣護著。他是在參加革命以後才夾著尾巴做人的，地主家的小少爺參加革命，寫不完的檢討和反省。開始，字字句句出自內心。然而，父親被害，讓他的檢討都失去了意義。書香門第的薰陶，至少在他的內心有一個正義與醜惡的價值坐標，不容易被顛覆。看到家鄉好吃懶做的二流子無人收拾，甚至耀武揚威，他對革命產生了懷疑。這是他心中的祕密，從來不對任何人吐露，包括老婆。老婆一直被他壓著在園林局工作，以免捲入政治漩渦。人生對他就像走鋼絲，不能有半點疏忽。小心翼翼幾十年，如果說「文革」中自己遭批判帶高帽子坐牛棚也算有所準備的話，那麼女兒出事，則完全是意外。他們葉家只留下這根苗，他對女兒傾注的心血遠遠超過工作和自己的生活。棋琴書畫沒有一樣拉下，沒想到小小年紀在生活上跌了跟鬥。這不僅是面子問題，而是可以上綱上線，當眾批判的。好不容易補上了這個漏洞，結婚成家，又鬧得死去活來，他還能做什麼呢？他的頭髮就在那幾天裡全白了。

住在娘家的日子裡，葉紅萌生了領養孩子的念頭。葉彬通過女兒的言談，對雲龍的「醺酒」引起注意。到底是老幹部，身經無數次政治運動，整人和被整的經驗，對人性的陰暗面特別敏感。

雲龍醺酒，是對現實的回避。他想不明白，風風光光的局長女婿，對現實還有什麼不滿意？怎麼也比在工廠裡當工人好吧！一個工人能娶什麼樣的老婆？住什麼樣的房子？更別說他的父母兄弟都沾光不盡！雲龍心中一定有別的祕密，這個祕密藏得那麼深，看不出一點蛛絲馬跡。要不是自己的女兒，雲龍的老婆說他醺酒，誰敢相信羅雲龍是個酒鬼？醺酒，不僅是雲龍個人的問題，更令葉彬擔心的是，萬一失態，在公開場合抖露了不該說的家庭醜事，葉彬的地位將遭到毀滅性的打擊。葉夫人說：「他早就知道女兒打胎的事了，好像不是很在乎。」葉彬說「那就更奇怪了！這個羅雲龍，我怎麼沒有看透他？」

雲龍處理完美國的業務回來，馬上被換了工作，回到局裡，當副局長。別人看來，雲龍升級了，總有一天要坐上葉彬的位子。其實，是對雲龍的監視，一切活動，一舉一動都在葉彬的眼皮底下。他哪裡料到，雲龍的成就是無為而治得來到。葉彬可以控制日程安排和活動，卻控制不了他的思想和情感。葉彬找不到雲龍的把柄，走了第二步棋。

那天開完會，老丈人說，你們週末過來，給我過生日。雲龍買了蛋糕去慶賀。原以為生日聚會，家裡一定人頭濟濟，像以往一樣。沒想到什麼客人也沒有，只有兩老兩小四口人。雲龍問，你的生日不是還有兩天嗎？葉彬說，週末麼，叫你們來聚聚。葉紅進門一看這麼冷清，便說，人未走，茶就涼了？葉彬說，別亂說，局裡的聚會另外開，請你們來有事商量。

原來，葉彬準備退位了，要雲龍頂上去。雲龍攤開雙手只搖頭：「爸爸，你退，我也退。沒有你擋著，我根本挑不起局裡的重擔。」葉彬朝葉紅看了看，問道：「你說呢？未來的局長夫人？」

葉紅滿不在意地說：「這不幹我的事。」轉而又說：「我們是否要去領養一個孩子？你們兩邊住住，熱鬧一些？」葉夫人沒吭聲，等著丈夫發表意見。他們曾經討論退在家裡的生活安排，本想是趁著兩條腿還能走走，到國外去旅遊的。領養孩子的話，他們就要被拴住了。葉彬說：「好哇，早就該這麼做了。」轉臉對老婆說：「我們的計畫不變，領孩子是他們兩口子的事，雲龍工作忙，我們給他們請個保姆，雲龍你說呢？」雲龍根本不在乎他的職位，也不在乎領養孩子，他的心裡只有小鳳，他在等待時機和葉紅攤牌，兩人好聚好散。他支支吾吾地說：「嗯，我沒意見。」

到了宣布葉彬退位那天，局裡開大會，新老局長交接班，然後舉行盛大的舞會。羅雲龍給小鳳投了一封信。然後，邀請葉紅出席舞會。這是他有意的安排。第一次挽起太太翩翩起舞，也是他們婚姻的句點。他們倆像明星一樣光彩照人，引得全場喝采，驚訝不已。二十多年了，喜氣洋洋地開始，轟轟烈烈地結束。

回到家，他請葉紅坐下，把自己和小鳳的事情告訴了她。他覺得，名存實亡的婚姻，沒有必要再維持下去，他們好聚好散。

「小鳳？這個名字好熟悉！」葉紅說，「噢，我想起來了。你醉酒的時候，常常喊小鳳。」

「是嗎？」雲龍坦然一笑，眼裡布滿了陶醉：「她是我的最愛，這麼多年，沒有變。」

葉紅目瞪口呆。

雲龍娓娓道來，講了一個多小時，有時笑，有時愁，講到小鳳說，「我們做哥哥妹妹」時，潸然淚下。

葉紅簡直不敢相信自己的眼睛：清高孤傲的羅雲龍，竟是如此柔情綿綿？

「你為什麼不請她到家裡來，讓我也見她一面？」她繃著臉說。

「她在美國，總有一天，你們會見面的。」

「在美國？」她往沙發背上一靠，斜眼冷冷地說，「舊情剪不斷，呃？」

「葉紅，我想知道，二十多年來，你覺得幸福嗎？」

「怪事！」葉紅臉一扭，冷笑道，「你怎麼關心起我的幸福來？什麼事讓你難以啟齒？」

「葉紅，你為什麼那麼能忍受？」

話音剛落，只見葉紅的身體猛地一彈，背脊僵直，下巴像錯了位似地吊在臉上，大口地出氣，眼睛裡露出尖刻的目光。

雲龍後悔自己選錯了時候，升官，跳舞，不應該和離婚攪在一起。他去酒櫃，斟了兩杯透明的紅葡萄酒，端了一杯給葉紅，一邊抱歉地說：「對不起，如果我刺痛了你。你沒有必要回答我。來，喝點酒，今天不談了。」

葉紅無動於衷，胸脯明顯地一高一低，好像一個炸藥筒，被點了火一樣。

他聞到了暴風雨的氣息，趕快把酒杯放到沙發旁的茶几上。他作好了準備，準備著太太突然爆跳起來，抽他幾個嘴巴。他準備著葉紅又哭又鬧，罵他狼心狗肺，你與別人偷情，還有臉來問我幸福不幸福？他準備著葉紅忍無可忍，把這個家打成碎片。他準備著自己人仰馬翻，寫檢討，被撤職，聲名狼藉。……

周圍安靜得出奇，只有客廳的窗臺上，兩支粗壯的紅蠟燭，燭光抖動，燭淚滾滾。葉紅突然撲倒在沙發的扶手上，嗚咽起來。

雲龍坐在另一個沙發上，低下了頭，很長的沉默。他開始慢慢地喝酒。不知過了多久，雲龍喝光了一瓶酒，起身準備就寢。剛站起來，聽見葉紅的聲音。她的聲音很輕很輕，好像被風從很遠的地方吹過來。

「記得你問起我打胎的事嗎？」

雲龍屏息靜聽。

「他是一個舞蹈老師，有家庭，有孩子。當時我不到二十歲。跳舞的時候，我們產生了感情。」

雲龍吃驚地看著她。

「他給我許多幻想，就像小說描述的那樣美好。我們在一起很快樂，真的很快樂。後來，我懷上了他的孩子。他非常著急，逼著我去鄉下打胎。」

我說：「我愛他，我要那個孩子。他說我瘋了。」

葉紅抱著膝蓋，不停地搖頭，散亂的頭髮像黑色的眼淚，垂在眼前。

「我失去了孩子，可是……，雲龍，愛像有癮一樣，我真的……，真的很愛他。我離不開他，我去找他，他就像不認識我一樣。」

葉紅聚然停頓，猛一轉臉，抓過茶機上的高腳玻璃杯，把酒一飲而盡。她舔著唇上的酒和淚，失聲痛哭：「他就這樣不認識我了，不認識，你懂嗎？我們曾經那麼相愛，可是，……可是，他好像從來沒有見過我一樣，你懂嗎？他避而不見，處處躲著我，好像是我害了他，我已經把孩子打掉了呀！我還能做什麼呢？他不要我了，再也不要我了。我們是真的相愛呀！相愛的人怎麼會變成這樣？我不想活了呵，我恨死自己了，我想不通呵！」……

雲龍恍然大悟。

葉紅無神地望著前方的窗口，夜深了，外面黑茫茫一片，只有零星的燈光一眨一眨。突然她一陣哆嗦，好像看見了荒山裡一群野獸，正目光耽耽地盯著她。她一手蒙眼，一手在空中畫著弧線，焦躁地說：「窗簾，窗簾！能不能把窗簾拉起來？」

雲龍拉攏了窗簾，聽見葉紅還在說：「我是不應該結婚。我能夠用畫畫，彈琴，打發時間。但是，爸爸媽媽只有我一個孩子，他們的地位不允許我獨身。我必須成家，還必須生孩子，就像完成任務一樣。大家都這樣認為的，不是嗎？」

「難怪小鳳說，你比我們倆還要苦。」雲龍背著手，靠在窗旁說。

「天！……她怎麼知道？」葉紅瞪圓了眼睛問。

「她說，我們倆半斤八兩，應該同病相憐。」

「她真能理解人。」

「她不同意我離婚，勸我好好待你。」

「小鳳真好。」

「可是，我們之間沒有愛。」

「許多人都這樣過著。」

「我活不下去。」

「你想離婚。」

「你不想嗎？」

「我習慣了。」

「可是，我不能讓小鳳為我們受苦，她為了我們，一個人跑去了美國，孤苦奮鬥，……。」此話一出，雲龍便失去了控制。他從客廳的這一頭走到那一頭，「吼吼」地喘粗氣，青筋突爆，面部抽畜，空張著口，對天搖頭。「十多年了，」他聲撕力竭地喊道，「葉紅，我不能這樣活下去！我愛她，我要娶她，我要娶她！你聽見了嗎？」說罷，他踉踉蹌蹌地衝出了大門。

「老天爺！」葉紅從沙發上彈起來，披頭散髮，跟在後面，連跌帶爬，撞倒在過道的地板上。慘澹的燈光像一灘倒翻的茶跡，懸在走廊的屋頂上，沒看見地板上有一個孤苦的靈魂需要照應，直到那撕人心肺的慘叫：「我們離婚，雲龍，我們離婚！」嚇得燈光也睜亮了眼睛，劇烈地一陣顫抖，蹦斷了燈絲，一團漆黑。

二十二

結婚二十多年，今晚，他們倆第一次真實地相互面對。

聽到葉紅的喊叫，雲龍正站在室外。天上，烏雲重重疊疊，風乾乾的，像發脾氣似的，舞著路旁梧桐樹上的葉子。落葉紛飛，有的掠過他的臉頰，有的貼在他的套頭絨線衫上。忽然，路的那一頭開來了一輛大卡車，車燈撞上他的目光，照得他頭暈目花。他閉上了眼睛，耳朵裡卻留下了卡車「轟隆隆」的餘音。「轟隆，轟隆」，載著他進入了另一個時空。這是一個多麼熟悉的夜晚呵！

車走後，夜更加黑。他回頭一看，背後停著一輛公共汽車，而他的家，高聳的三層樓公寓卻被黑暗吞沒了。車門開著，裡面黑壓壓的一片，像一個無底的深淵。他神思恍惚地走過去，跨進門，看見地上有一個人，正抱成一團，失魂落魄，越縮越小。這個人就是我呵！

雲龍，你醒醒，醒一醒！他聽見小鳳在喊。

他鼻子一酸，兩行淚從眼眶裡滾了出來。

葉紅，起來，站起來！他一邊喊，一邊俯下身去。

雲龍，你醒醒！

葉紅，你起來！他把蜷縮在角落裡的葉紅摟在懷裡。

葉紅沒有起來。她的手臂環住雲龍的脖子，整個身體嗦嗦地發抖。雲龍一把抱起她，一步一步地走回臥室。

雲龍把她放在床上，蓋上毯子，和衣躺在她的旁邊。

「我……冷，真冷，能不能，再……給我，一杯酒？」她的牙齒打架，一邊說，一邊夾著「紮紮」的擊齒聲。

雲龍沒有去拿酒。身旁的葉紅，面色如土，好像溺了水，剛被救上岸一樣。雲龍快速地脫了衣服，進了被窩，從背後抱住她。

「謝謝，謝謝。」

雲龍不語。

「再我抱緊一點，緊一點。」

葉紅的身體漸漸地柔軟，頭上額上滲出細細的汗珠。雲龍的胸膛，雲龍的大腿，雲龍的雙手，雲龍的頸項，雲龍的臉頰，都緊緊地貼著自己。呵，在最虛弱的時候，背後有一雙大手托著；在最絕望的時候，心頭有一扇窗口開著，這，不就是她要的男人嗎！軀體內，有一個新的生命在踴動。一種強烈而熟悉的需要，像種子在生根，在發芽，在長大。呵，二十多年了，一個被拋棄的靈魂，突然間找到了歸宿。她吻雲龍，如一個個火燙的烙印，撩起雲龍內心深處的欲望。情如火山，愛如岩漿，鋪天蓋地，肆無忌憚。多年的性冷淡，如一個沉睡的美女，一旦醒來，嬌豔絕色，無與倫比！葉紅像一朵飄浮的彩雲，載著雲龍，升騰到天堂。霎時，瑞雲祥氣，煙舞霞飛，甜情蜜意，心神搖曳。

高潮過後，兩人仰面朝天地躺著，大汗淋漓。

「小鳳，」雲龍趕緊改口：「葉紅，對不起，瞧我，到了這時候，總是……。」

「沒關係，我已經習慣了。」

「你怎麼不生我的氣？」

「你醉得神志不清，我從不當真。」

「今天呢？」

「你說了真相，我更不應該生氣，對不對？」

雲龍忽然覺得自己處在一個非常難堪的境地。他披衣起身，點燃了煙，在房間裡走來走去。葉紅也起來，去了廁所。

廁所裡的燈光湧出來，溢在臥室的地板上。水龍頭被擰開，水聲喧嘩，水花跳躍奔跑。不一會兒，雲龍的腳下暗了，耳根靜了。一切如舊。

「雲龍，……，你過來。」葉紅輕聲呼喚他，打斷了他的思緒。

「嗯，怎麼啦？」雲龍回頭一看，葉紅穿著那件近乎透明的喬其紗連衣裙，靠在臥室的門框上，嬌柔地眨著眼睛，對他微笑。門框的左面亮著一盞天藍的壁燈。側光下，葉紅像下凡的仙女，出海的美人魚，膚肢玉體，亭亭而立！

天呵，她想幹什麼？雲龍立刻想起了那個不愉快的晚上。她說，老婆怎麼啦，沒有賣給你！

葉紅解扣，肩膀一抖，睡裙像水簾一樣，瀉到地上，細長的雙臂緩緩地搭地身側，扭腰，轉眸，垂眉，嬌情萬千！

雲龍只覺得眼前一亮，「哈哈哈」地笑起來：「我的太太這麼漂亮，我是瞎子，重見光明！」

葉紅一步一步，舞向雲龍，眼神飄流，四肢如水，撥雲撩雨，出神入化！

好一個裸體的天鵝獨舞！雲龍一蹶一退，目眩神迷，坐到床上。

「喜歡嗎？」葉紅一個飛跳，展開雙臂，以滑翔的舞姿撲過來。

「喜歡，真喜歡！」雲龍看傻了眼，裂嘴露齒地笑。

葉紅跪在他面前，繞住他的腰。

雲龍托起她的臉，端祥良久。

這是他的老婆嗎？那個矜持，自負，冷漠，寡言的葉紅嗎？那個讓藝術死在畫中的葉紅嗎？這個女人原來就像一個會移動的仕女模型，現在，突然間活了過來，楚楚動人，勾人心魂！她應該被愛，她應該有一個幸福的家！

他的體內又一次地熱血奔騰，推著他撲向葉紅。兩人滾在地板上。呵，葉紅，可憐的小天鵝！你的肌膚你的體香，……你是天下的大美女！他發瘋似地在她身上橫衝直撞，像野獸一樣，咬她的乳頭，擰她的大腿，到了盡興時，又變得無比溫柔，擁抱，撫摸，親吻，……。

呵，小鳳，我的小鳳！……

瞬間，葉紅變成了小鳳。小鳳，葉紅，葉紅，小鳳，兩個女人扭在一起。世界被懸在空中，顛來蕩去，搖搖欲墜。他強把眼睛睜開，一道刺目的白光，亮錚錚劈斷黑夜。對面的落地鏡裡，一男一女，赤身露體，青灰慘白。雲龍一身冷汗，氣短息亂，慘不忍睹。

他套上了睡衣，回到床邊。

此時，葉紅正側臥在床上，一手撐著腮，一邊朝他微笑。她的體形如波浪，柔和起伏；她的眼神如流水，溫情脈脈。雲龍揉了揉眼睛，心想：這個女人，與他同床異夢二十多年，怎麼可能在一夜之間，恍如兩人？他再細瞧她一眼，越覺得葉紅美麗。在男人的眼睛裡，她如一道春夏的風景，色彩斑斕，讓人眼醉；她如一簇芬芬溢香的鮮花，嬌豔嫵媚，令人迷戀；她味道濃濃，如一席豐盛的佳宴，逗人饞涎欲滴。天呵，這究竟是怎麼回事？

窗簾外，有亮光透進來。他走過去，一把拉開，天已大亮。昨晚，究竟是真還是假？

雲龍頭痛欲裂。事情本來很簡單，他不愛葉紅，他想離婚。他們天天見面，如同陌生人，好像隔著高山大海。可是突然間，他變了，葉紅也變了，變得相親相愛。命運真會作弄人呵！昨天早晨，他剛給小鳳寫了信，信誓旦旦要娶她。可是，到了夜裡，他卻成了另一個女人的俘虜。我是誰？我怎麼會這樣？我對不起小鳳！他「哼哼」叫著，一拳又一拳，擊中自己的頭。

「雲龍，你要幹什麼？」葉紅驚叫，從床上跳下，撲上去，按住他的手。

雲龍木然，兩眼枯澀。

葉紅用手指梳理他的頭髮，一邊說：「一夜沒睡，休息吧。」

「不，葉紅，我不能沒有小鳳。」

葉紅嚇了一跳，轉而柔順地說：「我知道，她值得你愛。」

「你不想離婚，是不是？」

「我愛你，雲龍。」葉紅像個嬌弱的孩子，把臉貼在他的胸口，捨不得的樣子。

「難道你不在乎我愛小鳳？」他的聲音低沉清晰，每個字帶著重量。

「她不是在美國嗎？」

「我要娶她，我和她不能再分開。」雲龍的目光咄咄逼人。

「你的意思？」葉紅愣住，嘴唇蠕動，頃刻，泣不成聲，「雲龍，你……，你要我……成全你們？」

她跪在雲龍面前，流了一臉的淚。她痛苦地望著他，自言自語地說：「是我的錯，對不起，是我的錯，哦……我的錯，……，我是不應該結婚的，我的錯，……。」

她放聲痛哭。

雲龍腦子裡亂成一團。他問自己：一個女人，對丈夫二十多年的不忠誠，都容忍了，原諒了，還愛著他。羅雲龍，你還要對她怎麼樣？

「對不起，對不起，葉紅我們不離婚，我們好好在一起。」雲龍一把將葉紅扶上床，自己卻站不穩，軟綿綿地掛在床沿上。

二十三

雲龍回國後，小鳳恢復了原來的生活。備課，上班，批改作業。早晨，她去海邊跑步，晚上看電視，讀讀書，週末，或者與傑克外出，野餐，釣魚，爬山，或者請來家裡吃飯聊天。她感謝傑克，總是那麼真誠樂觀。要不是他的指點，自己肯定還陷在自責的泥潭裡。傑克更加愛護小鳳，耐心地當她的聽眾，分享她的喜怒哀樂。他和小鳳沒有死去活來的感情，他只有一個願望，讓小鳳快樂。小鳳的快樂就是他的快樂。果然。笑容像老朋友一樣回到了小鳳的臉上。

那天早上，天才破曉，小鳳穿了一套白色的運動服出門。她住的公寓落在斜坡上，底層是車庫，她住二樓。車庫與海灘間隔著一條馬路。越過馬路，就是幾百米遼闊的沙灘，無遮無掩平坦坦連著大海。

太陽躲在雲層後面，噴射光芒，如一條條飛舞的金龍。白雲，像雨後的雪山，被塗上了金粉，層巒疊嶂。海風拂面，飄來清新的氣味。一群海鷗滑翔而來，朝著陽光沖宵而上。海水輕輕地拍打著晶瑩閃耀的沙灘，天紅了起來，地也紅了起來。

小鳳像來自天堂的一片白雲輕鬆地跑，輕柔地飄。迎面走來一個溜狗的老太太，銀白的頭髮染上藍天紅霞，格外英姿煥發。她們互打招呼，「哈哎」，「哈哎」。一個年輕男子，體恤短褲，額上綁了一條藍花手巾，滿頭大汗，喘著大氣，「哈哎」一聲，擦身而過。人們素不相識，都一見如故。又一個溜狗人，牽著一條巧克力色的大狗，小跑而來。狗見了小鳳，豎身撲上來，要和她親熱。小鳳撫摸它的頭，一邊問：「你叫什麼名字？」

「餛飩」主人說。

「中國的餛飩？」小鳳笑著問。

「對，對，中國的餛飩，我們愛吃極了。」

「ＯＫ，ＯＫ，餛飩。」她擁抱了狗，招手道：「再見，餛飩，再見。」

回到家，她洗澡，刷牙，準備吃早飯。刷牙的時候，她對鏡子裡的自己笑，心想，那條狗叫「餛飩」，好幽默的名字。她漱口，吐掉嘴裡的牙膏。忽然，一陣噁心，「噢，噢」地嘔吐起來。小鳳臉色蒼白，躬著背，吐得滿頭大汗，眼睛裡都是淚，可是胃裡空空的，什麼都吐不出來。她勉強吃了些牛奶泡麥片。準備去上班。洗碗時，「嘩」的一聲，把麥片全都吐了出來。

小鳳給學校打了電話，去了醫院。她預感到自己的身體有點異常，月經停了一個多月，食欲越來越差。經檢查，醫生恭喜她：你懷孕了。這時，她心跳如雷，她猜對了，自己懷上了雲龍的孩子！傑克是基督徒，兩人還沒有親密得越過界線。她想起那天在旅館，對雲龍說，就想給你生個孩子。雲龍說，那是做夢都不敢想的事情。他們相愛這麼多年，最遺憾的就是年紀太大，恐怕不能再懷上孩子。恰恰是說到了就來了，他們有了自己的孩子！這不是美夢成真嗎？她高興得巴不能馬上回家，給雲龍打電話。想到這裡，小鳳撇著嘴笑了：可不能馬上告訴他。要讓雲龍猜一猜，什麼是最大的喜事？如果他猜錯了，就損他幾句，你沒資格做爸爸。如果他猜對了，就在電話裡多說幾句親熱的話。小鳳的眼睛熠熠閃亮，好像看到雲龍就在身邊，好像聽到了他的歡呼：「呵，親愛的，我們有了自己的孩子！這是真的嗎？」他一定會摟她在懷裡，溫柔地說：「小鳳，我的寶貝，你辛苦了。」她好像看到了雲龍驕傲得意的笑容，好像感覺到雲龍的手輕撫著她的腹部，忍不住親一親的樣子。當醫生給她解釋高齡孕婦的注意事項時，她什麼都沒有聽進去。臨走前，醫生給了她一厚疊材料，叫她回家仔細閱讀。

到了家，她仍沉浸在狂喜中。把材料往餐桌上一放，給自己倒了杯果汁，帶上墨鏡，去了陽臺。風和日麗，小鳳靠在躺椅上，浮想聯翩。她想起了她的第一次。那個難忘的雨天，陰暗潮濕的房間，她和雲龍一邊哭，一邊做愛。是她要雲龍的，在他們分手之前，她想懷上他的孩子。那一刻，愛代替了一切，兩人都那樣地不顧後果。幸虧那時沒有懷上孩子，否則，非但雲龍和自己要做檢討受處罰，孩子也無法保住。

她不敢想像，就在旅館的那天晚上，雲龍在自己身上種下了一個新的生命，這個生命正在悄悄地長大！世界是多麼的神奇，一個晚上就能造出一個新生命！愛是多麼的美好，愛能讓生命得到延續！

一隻海鷗飛過來，停在她的腳下，眨著眼睛咕咕地叫。小鳳嫣然一笑，順手從窗臺的罐子裡抓了一把乾玉米，撒在地上。海鷗叫得更歡，一面吃，一面向她點頭。小鳳說，你想和我說話，是不是？告訴你，這裡來了一個新朋友。對了，你的新朋友。他現在還太小，等他長大了，天天和你玩。她禁不住輕輕地拍著自己的腹部，哼起了一首美國的兒歌：

You are my sunshine,（你是我的陽光，）
My only sunshine.（我唯一的陽光。）
You make me happy,（你讓我快樂，）
When skies are gray.（當天空灰暗的時候。）
You will never know dear,（你無法知道親愛的）
How much I love you.（我多麼愛你。）
Please dont take my sunshine way.（請不要帶走我的陽光。）

她眺望遠方，青綠的山峰高高聳起，好像翹著唇在親吻藍天，團團雲彩如白白胖胖的嬰孩，張開嫩藕般的手臂和小腿，朝著她爬過來。

她回到廚房，拿了紙和筆，坐下來給雲龍寫信。她寫自己的轉變，寫對他的思念，寫懷孕的事。寫到一半，她停了下來，捧起那疊高齡孕婦的材料，仔細地閱讀起來。她想，這些知識，也應該告訴雲龍，讓他趕快結束不愉快的婚姻，來美國陪伴自己。

吃晚飯前，她拿著信高高興興地下樓，順便開郵箱，查看有沒有新信件。郵箱在車庫的另一面，整棟樓的郵件都集中的這裡，一個個金屬盒子排列整齊，組成一堵牆。

小鳳取出鑰匙，開了自己的箱子，裡面一卷紅紅綠綠的紙，有廣告，報紙，賬單等等。她把沒有用的扔進了旁邊的廢紙筒。突然，一封航空信掉到了地上，她彎腰揀起，竟然是雲龍的信！小鳳席地而坐，慌亂地撕開信封，裡面是雲龍漂亮流利的筆跡。

小鳳，我最親愛的：你好嗎？

現在，我坐在辦公桌前給你寫信。我激動無比，因為今天晚上，我要做一件人生最有意義的事情。我將向葉紅攤牌，我決定離婚了！

小鳳，我決定了，決定了！是我自己的決定！我的婚姻應該由我自己來處理。當初我作了錯誤的選擇，今天，應該有勇氣來糾正。如果說，為此我要受到良心遣責，也由我一人來承擔，我覺得，我擔當得起。我和葉紅的婚姻，是一場雙方利益的交易。我利用了他們，他們也利用了我。這種關係早應該結束了，拖一天，對大家都是加一層的傷害。上級將在今晚開大會，宣布我的局長任命。我將帶葉紅去參加舞會，讓她光彩一下，因為這是最後一次。如果這個婚姻繼續下去的話，我的價碼也許還會繼續提高，這對我是加倍的諷刺和嘲弄。榮譽是屬於葉家的，我只不過是個工具而已。……

小鳳，親愛的，在作出這個決定的時候，我反覆問自己，離了婚的羅雲龍，能否再被小鳳接受？

小鳳，如果你確實找到了知己，我決不會像以前那麼小氣。我將祝福你，也祝福你的那一位，他真是太幸運了。我將在心裡永遠想著你，在寂寞中度過我的餘生。如果我還有機會，如果你還愛著我，寶貝，求你給我一個機會，讓我娶你，讓我們成為夫妻，白頭到老的夫妻。讓我摟著你吃飯，讓我抱著你洗碗，讓我們永遠永遠不分開！你一定快快回來，不要讓我久等。小鳳，我欠你太多，我這一生，如果要說對不起，只有你，永遠也還不清。如果這輩子我沒有機會，下輩子，我一定要找到你，一定要報答你。……

讓我親親你，好嗎？

天天想你愛你的雲龍

兩張信紙，小鳳翻來覆去，讀了又讀，好像每一個字都帶著磁性，吸引她的眼睛。她吻雲龍的簽名，吻了又吻，她把臉埋在信紙裡，信紙變成了雲龍的手，雲龍托著她的臉，好像在說，小鳳，終於我們要有一個家了！這個家呵，她夢中的家，雖然姍姍來遲，畢竟來了，來了！頻頻地在向她招手！小鳳一邊流淚，一邊癡笑，錯把信紙當手帕，抹得臉上花花斑斑。

有個鄰居來取信，湊上來問：「Are you OK？」

「我沒事，謝謝！」她一骨碌起來，看手錶，竟然在水泥地上坐了近一個小時！她拔腿就往樓上跑，邊跑，邊在心裡說：雲龍，我來了！我和我們的孩子一起來見你！

信得全部重寫。她要把自己的感情傾瀉在紙上，要和雲龍分享甜蜜和幸福。她寫呵，寫呵，寫完了，讀一邊，覺得不滿意。重新再寫，再念，還是不滿意。這輩子，她寫過無數文章，這時才知道，在感情面前，文字和語言都像殘廢了一樣。終於，她寫得簡單至極：春假在三月初，屆時即返。想你，愛你，小鳳。

沒有說懷孕，怕雲龍發瘋，留作見面禮。

二十四

雲龍把小鳳的信帶回家，晚飯後，攤給葉紅看。

「記得我說的那封信嗎？舞會那天早晨寄給小鳳的？」

「嗯。」葉紅看完，僵直地坐在餐桌旁，像凍結了一樣。她的上方是一頂蓮花狀的吊燈，撒下喇叭型微弱的燈光。

「她是回來和我結婚的。」雲龍神色凝重。

「雲龍，」葉紅怯生生地說：「小鳳不是有個美國男朋友嗎？為什麼要回來結婚？」

「她愛我。」

「你還沒有離婚呢。」

「信裡說決定離婚。」

「如果你不說小鳳的故事，我們恐怕已經離了。」

「如果你不告訴我你的故事，恐怕我們也離了。」

「你心腸好。」

「你討我喜歡。」

葉紅哽咽道：「我知道，你要的是她。可是，我們也像新婚一樣，我愛你，你愛我，相愛的人為什麼要拆開？」

「不哭，不哭。」雲龍慌了手腳，忙抽了張面紙，傾身給她擦淚。

葉紅笑了，彎著細巧的眉眼，乖順地讓雲龍的手觸摸她的眼睛，她的臉腮。當他的手經過嘴角的時候，她啟開雙唇，吮吸雲龍的手指，像個吃奶的孩子。雲龍痛苦地閉上了眼睛。這是多麼令人心酸的笑容呵！她有一千條，一萬條理由痛哭。她曾經被欺騙，被利用，被拋棄；她孤苦地生活了二十多年，有丈夫，卻沒有愛；現在，有了愛，卻是那麼短暫。這是什麼樣的笑容呵！一面是萬般的快樂和幸福，一面是無限的苦楚和悲戚。她明明知道歡樂稍縱即逝，悲哀將形影不離，可是，她珍惜，她笑了，因為心愛的人說了聲不要哭泣。雲龍重重地歎氣。

「我會走的，小鳳來了，我就走。」葉紅挪到他身旁，體姿柔軟，雙臂相搭，像小天鵝一樣，匍匐在他的腿上，「雲龍，抱抱，我們還有一個月，……。」他把頭埋進了她長長的頭髮裡。

正巧，他們分得了新房子，局級幹部的待遇，獨門獨戶的小樓，在西郊開發區。小樓需要裝潢，兩人都用了休假，天天在一起。白天，雇人裝修，添置家具，布置房間。晚上，去館子，喝酒，吃飯，跳舞，唱卡拉ＯＫ。回到家裡，來不及梳洗，來不及換衣，來不及上床，滾在一起。說到底，他們本是老夫老妻，大可不必那麼著急。但是，兩人好像都生活在即將分手的壓力下，越怕分手，他們就越珍愛在一起時的每分每秒，越珍愛，就越捨不得分手。葉夫人多次說起去南昌孤兒院領養孩子的事宜，被葉紅推遲再推遲。看著女兒的臉上有了喜氣，母親只好隨她去了。

這棟樓的上層有一個起居室，兩個睡房。在裝飾主臥室的時候，雲龍把他們的結婚照掛在了大床對面的牆上。葉紅一把奪過來，說她想把結婚照帶走。

雲龍瞪眼問道：「帶走？你要去哪裡？」

「先去父母那裡住一段時間，以後再說。」葉紅抱著照片，一步步往後退。

「胡說！」他跨步上去，雙手板著她的肩膀，正言厲色地說，「你住這裡，哪裡都不准去！」

葉紅哭了，一陣風跑到樓下，雲龍在後面追。他在樓梯口抱住了她。葉紅掙脫出他的手臂，一口氣跑到大門口。

雲龍大吼：「你給我回來！」

葉紅止步。

雲龍氣呼呼地站在樓梯口，交叉著手臂：「回來，葉紅。有話好好說，為什麼要耍孩子氣？」

葉紅默默地走回來，淚眼婆娑。走到雲龍跟前，她又傷心地哭起來，轉身抹眼淚。

雲龍道：「坐下，告訴我，為了什麼？」

葉紅仍舊站著，背朝他，哭得更凶：「下個禮拜，你要去機場。小鳳來了怎麼辦？」

小鳳要來了！雲龍的腦袋「嗡」地像炸了一樣。前不久，小鳳電傳來了飛機航班，他放進了寫字臺的抽屜，要不是葉紅提醒，他差點兒忘了呢？準確地說，是不知道怎麼辦才好。這個社會規定，一個男人只能擁有一個女人，他是那麼地愛小鳳，卻又捨不得離開葉紅，而且，她們倆也都愛著自己。他該怎麼辦？拖著，拖到小鳳來了再說，讓她們選擇。

他上前去拉葉紅的手，拉著她上了樓。他把葉紅領進客房。這裡優雅安靜，窗外是翠綠的草坪。進門是一張大床，然後，寫字臺，窗下一對沙發和茶几，床的對面是裝有穿衣鏡的大櫥。雲龍拍拍湖綠色的床罩，然後沉沉地坐在床沿上，抬起臉對葉紅說：「小鳳住這裡。」

她大吃一驚，連連後退：「不，不！雲龍，怎麼能這樣？」

「只能這樣。」雲龍歪著嘴苦笑。

窗開著，飛進來一隻白色的蝴蝶，上上下下，兜著圈子。雲龍目光遲鈍地望著這個小生靈，眼睛隨著蝴蝶的翅膀一眨一眨。天色漸漸地暗了下來，最後的一縷晚霞也從屋裡撤走。蝴蝶終於飛走了，飛出窗外。他的眼睛紅了，覺得自己連蝴蝶都不如。

他想到了來世，想到了死，下輩子，他一定要做蝴蝶。他多麼渴望現在就飛出去，現在就成為蝴蝶呵！雲龍獨自坐在黑暗裡，連葉紅出去買晚餐，都沒有聽見。黑暗中，他看見一個身影，背向著他。這個身影是他熟悉的，卻忘記了是誰。他皺眉專注地看著，啊，想起來了，那不是姚老師嗎？姚老師！雲龍喊著。姚老師沒有回頭，卻聽到了姚老師的聲音：「雲龍，別看愛情小說，那是白日夢。」

「姚老師，你等等，等等我！」雲龍再喊。

「你在說什麼？燈也不開。」葉紅回來時，在樓下問他。

雲龍好像從夢中驚醒，支支吾吾地說：「睡著了，大概是說夢話，被你叫醒了。」

「今晚早點睡，下來吃飯吧！」

二十五

飛機叱嗟風雲，歸心似箭。

一路上，小鳳時不時看看自己和雲龍在舊金山的合影照片。照片裡，他在前，昂首，回頭，對從後背撲上來的她開懷大笑。

年近半百的小鳳，喜孜孜充滿幻想。她要當新娘啦！這一回，是真啦，有法律意義上的新娘！出國六年多了，中國時興什麼樣的婚禮？自己該準備哪些衣裳？她有一個月的假期，該去哪些地方？哦，還要問問雲龍，要不要搬去美國住？其實，她每年有寒暑假，兩頭跑跑也蠻好。

她眯起了眼睛，對著照片裡的雲龍笑：你是神仙，還是魔鬼？二十多年，攝住我的靈魂不放。我們的愛，結結實實，我們的情，沉沉甸甸，用歲月培植的果實，誰能與之相比？想到自己下半輩子能與雲龍斯守相愛，她真想站起來，放開喉嚨，唱一支情歌。

這次回去，她要和雲龍一起去拜見各自的父母。很多年不見雲龍的父母，心裡十分懷念。怎麼向自己的父母交代呢？姑媽是知道傑克的，並不知道雲龍來美，更不知道自己懷孕。家裡都等著她帶來一個洋女婿呢！怎麼嫁給羅雲龍呢？

還有葉紅，一定要見見葉紅，當面向她道個謙。

雲龍吃了午飯，換了一身黑西裝，親自開車去了機場。在小鳳的眼裡，他是那麼的神采奕奕，氣宇軒昂。雲龍拉起小鳳的手，拎著她的行李往外走，不像在舊金山機場那麼親熱。小鳳想，在中國，公開場合，他畢竟是局長身分，應該有所顧忌。

小鳳身著輕便寬鬆的旅遊套裝，本色的水洗布上繡著銀光閃耀的點點星星，背後還有個彎彎的新月。她覺得，他們倆一黑一白，情意濃濃，就像新郎和新娘。

進了車，雲龍長長地籲了一口氣。

「累嗎，小鳳？」

「還好，太激動了，沒睡著。」

「我們回家。」雲龍說，「你的房間已經布置好了。」

「我的房間？」小鳳覺得有點奇怪，不過馬上理解成結婚之前分床睡，新婚那天更親密。「小燕給我訂了旅館，我可以把東西先放在那裡。」

「小燕工作的旅館嗎？離家很近，先回家吧。」

從機場出來，就上了高速公路。雲龍的臉色一陣紅，一陣白。小鳳感到很不自在。她拍拍他的肩膀，問道：「雲龍，你怎麼啦？」

「沒什麼。你終於回來了，像做夢一樣。」

小鳳笑了笑，說道：「我帶給你一個驚奇，你一定會高興得跳起來。」

此刻的雲龍幾近崩潰，哪裡經得起什麼驚喜？他立即把方向盤一轉，從高速公路上下來，停在一條偏僻的道路旁。他下車，忙跑到另一面，給小鳳開了門，急促地說：「我們坐到後排去。」他開了後門，先進去，小鳳跟在後面。沒等小鳳坐穩，雲龍已經把她接在懷裡。他吻她，一邊喃喃自語。他說：從在機場見到小鳳的那一刻起，他覺得全身像上了電一樣，他們之間，有磁場，有密碼，看一眼就對上了！唉，他沒有力量把車開到家。他要坐下來，把一切都告訴她，請求她的原諒。

小鳳聽得莫名其妙。

他把嘴貼在小鳳的耳根旁，求饒似地說：「小鳳，我是一個壞男人，我沒有和葉紅離婚。」小鳳眼前一黑，倒了下去。雲龍抱著她，不停地喊她搖她。可是小鳳雙目緊閉，沒有反映。他急忙起身，讓小鳳平躺在後坐，為她繫上了安全帶，準備開車去醫院。

車一啟動，他聽見了小鳳的聲音，虛弱而低沉：「送我去旅館。」

五星級的新旅館，小燕當總經理。

車停在門口，立即有人前來幫忙，服務員穿一色的天藍制服，有的提行李，有的填表格，還有一位開著雲龍的車，去了停車樓。櫃檯的服務員又漂亮又殷勤。當她們知道來了小燕的美國姐姐時，更加關懷備至。雲龍誠惶誠恐地站在一旁，不知所措。他跟著小鳳進了房間。服務員退走後，小鳳撥了電話。雲龍的心懸空吊著，小鳳的一舉一動都讓他膽戰心驚。

小鳳在電話裡給父母報了平安，說今晚需要休息，明天請他們吃飯。她又給小燕打了電話，姐妹倆說說笑笑，好像什麼事都沒有發生一樣。掛了電話，小鳳脫下外套，裡面是一件紅色的緊身羊毛衫。

她躺下，雲龍馬上拉了毯子給她蓋上。

「我要睡一會兒，你回去吧！」

「我等你。」雲龍坐在落地檯燈旁邊的單人沙發上。單人沙發就在床邊，離她一米遠，同樣的雲龍，此刻，好像客人一樣規規矩矩。小鳳心裡即刻明白了幾分。雲龍對她的愛已經走味，不像以前那麼單純熱烈。一股挖心挖肺的疼痛，痛得熱淚滾滾。但是，她想著肚子裡的孩子，馬上冷靜下來。心裡想，上帝沒有菲薄她，讓她懷上了雲龍的孩子。如果這就是句號，她也知足了。

「你胖了，小鳳。」

小鳳點了點頭，心裡想，雲龍應該坐在床上，靠在身邊的。

「你說帶來一個驚喜，什麼驚喜？」

小鳳合著眼睛，搖了搖頭。

房間裡漸漸地暗了下來，雲龍捂著臉，躬著背，再也無話可說。小鳳就這樣睡著了。她看見一個男孩子，烏黑的頭髮，閃亮的眸子，被傑克抱在懷裡。這是誰的孩子？她問。傑克說，從中國領養的。她仔細看孩子的容貌，越看越覺得像雲龍。她說，分明是我的孩子，怎麼被你領養了呢？傑克說，你有過孩子嗎？我怎麼不知道？你的孩子怎麼送到孤兒院去呢？小鳳說，一定是有人在我生產時偷走的，給我！這是我的孩子呀，我的孩子！她嗚嗚地哭，哭醒了，「呼」地從床上坐起來，發現自己睡在旅館的床上。

雲龍跪在床邊，額頭頂著床單，不知跪了多久。

「起來，雲龍！」

「小鳳，我對不起你，你在夢裡哭。」

「我做了一個可怕的夢！」小鳳說。

雲龍抬起頭，臉色蒼白。他說：「我完全沒有料到事情會變成這樣。就在我給你寄信的那天晚上，我找葉紅談離婚，……」

小鳳站在窗旁，雙手撐著腰杆，挺起微微突出的腹部，聽雲龍解釋。

他一五一十，把事情的過程統統倒出來。但是，說完了葉紅的故事以後，他的嘴唇空空地嚅動，期期艾艾，含含糊糊，好像舌頭被截斷了似的，憋得汗珠一顆接一顆從額頭上滾下來。他無法解釋他和葉紅的關係。開始是同情，後來，怎麼解釋後來？現在，又怎麼說明現在？他真心實意地想告訴小鳳事情的真相，可是究竟什麼是真相？究竟有沒有真相？他甚至不知道自己是誰？

小鳳擰亮了落地檯燈，一邊說：「Do you love her（你愛不愛她）？」小鳳下意識地說了英文，後面兩個字說得特別重。她明明知道雲龍愛上了葉紅，但是，她不願意放棄這根救命稻草，靠著這根稻草，她越過二十年的障礙，在美國迎接雲龍，接受了他的安排，如今卻變成了一個吹破的水泡。

雲龍的手指一根根插在頭髮裡，兩眼呆滯。小鳳蹲下來，靠在他的旁邊，親切地問：「告訴我，雲龍，你是不是愛她？」雲龍語塞。他應該說，我愛的是你啊，小鳳，不要離開我！但是，他不願意再一次欺騙和背叛自己。

小鳳把外套穿上，拖鞋換成皮鞋，拉開了房門。

「你要去哪裡？」雲龍問。

「出去走走，一起去吧！」

「小鳳，你好像胖了。」

「胖了嗎？」小鳳的嘴唇顫抖著，一汪酸楚的淚水湧出眼眶。她不打算告訴他了，讓他沉浸在幸福中吧，自己退回美國去。但是，雲龍畢竟是孩子的爹啊！為什麼要瞞著他？如果他知道自己懷上了他的孩子，是否會改變主意？她含淚一笑，輕輕地說：「這就是我帶給你的驚喜啊！」

「你？……」雲龍停止了呼吸，張大了嘴，瞪圓了眼睛。小鳳拉過他的手，貼著肚子摸一圈，喜悅地說：「是的，雲龍，我有孩子了！」

「是我們的嗎？」

「還會是誰的？」

「幾個月？」雲龍的眼圈紅了，眼睛紅了，臉和脖子都紅了，紅得像燈籠一樣。

「自己算，你什麼時候走的？」……

二十六

第二天，小鳳與家人團圓。

小燕開車去酒店接小鳳。兩人一路無語。快到家時，小燕說：「媽媽怕你接觸以前的男朋友，叫我看著你呢！雲龍向我要過你的電話，他和你有聯繫嗎？」

「沒有。」小鳳說。

「我說去飛機場接你，你為什麼不讓？」

小鳳編了個謊言，說：「我怕你當總經理太忙，不好意思用你的時間。」

「我們酒店服務員說，你第一天住進來時，有個中年男人送你來的。我猜那是羅雲龍。」

「既然媽媽不要我們接觸，你為什麼要給他電話號碼？」

「姐姐，我哪裡知道你們之間的事情，這是我第一次聽媽媽說呀！」

「那麼，你就不要告訴媽媽誰送我來酒店了，好嗎？」

「嗯。」

母親已經等在路口。六年不見，兩鬢添了銀髮。小鳳撲上去，抱住媽媽流眼淚。父親的頭頂禿了，看上去蒼老很多。走進家門，一切照舊，只添了電視機和空調。煤球爐不見了，門口的走廊上築了個煤氣灶台。小燕搬到自己買的小公寓去，家裡變成了空巢。媽媽對著小鳳看了又看，自言自語道：「臉色不錯，胖了點。聽姑媽說你有男朋友了，傑克好嗎？」

「哇，你們都知道了！傑克好！天下大好人！」

「那就早點成家。」

「媽，我們還沒有談婚論嫁呢！」

「你要做準備，否則拖下去，高齡生產有危險。」

談到傑克，小鳳心裡很內疚。她轉移話題，問小燕：「為什麼不去美國？讓全家在美國團圓？」

父親說：「我們還沒有到退休年齡，現在的生活比以前好多了，我們還能幹，不想出國了。」

母親說：「現在有海外關係吃香，祖上那些事，現在變得又體面又榮光。」

小燕說：「只要有本事，就能有好工作，我比你在美國還賺得多呢！」

母親叫小鳳搬回來住，省下旅館費。

小燕說：「媽，這還用你操心嗎？是我的酒店。」

小鳳原來早上噁心嘔吐，回國後，晚上也吃不下飯。母親都看在眼裡。

回酒店，小鳳給傑克打電話，撥了幾個號碼，撥不下去了。怎麼搞的？她問自己：「怎麼忘記了他的號碼呢？怎麼可能？」再撥一次，撥到一半，還是撥不下去。這時，她聽見一個冷冷的聲音從心裡升起：「小鳳啊小鳳，你真是被虛假的幸福沖昏了頭啊！」

「沒有，沒有。」小鳳自言自語：「我和傑克仍舊是好朋友，我沒有冷淡他。」

「你的心裡早就沒有傑克的位置了，你的胸懷與傑克相比，差遠了。」

「我真有那麼壞嗎？」

「你為了雲龍，丟了傑克。為什麼現在要打電話給他？你連他的號碼都記不住，還好意思去麻煩他？」

小鳳抱著頭，蜷縮成一個球。難道這是老天爺的懲罰，讓我忘記他的電話號碼？她冥思苦想，最後還是放棄了。半夜裡，小腿抽筋，不得不起床，神思恍惚地走了幾步，心裡想，現在應該是美國的什麼時候？傑克不知道是否睡了？就在這時，傑克的電話號碼清清楚楚地浮上腦際，小鳳馬上開燈記錄下來。

躺回被窩，她翻來覆去睡不著，嘴角浮上一絲苦笑，覺得記憶斷路是年齡和情緒都有關係。但是，那個冷靜的小鳳倒是啟發了她：不能以自己為中心，去利用傑克對自己的感情。她看了看表，早晨三點。應該是美國上午十一點鐘。這時，傑克在幹什麼呢？心情好嗎？小鳳走了彎路，回來向你檢討。

小鳳改了飛機票以後，告訴媽媽要提前回美。媽媽問道：「懷了幾個月？要不要給你購買結婚需要的東西？」

「不要。」小鳳低下頭，說得很輕。

「媽媽帶你去看中醫，也許能減輕懷孕反應。」

小燕說：「別急著回去，上海變化很大，我帶你到處走走。」

「不用了，小鳳說，飛機票已經改了，我想早點回去。」

母親捧起女兒的臉，輕聲說：「孩子啊，你出了什麼事，不願意告訴自己的親人？」

小鳳不回答。

「抬起頭來，」母親說，「看著我的眼睛。」

小鳳左右回避，不敢正視母親的目光。

天幕落下時，母親問她：「是傑克的孩子嗎？」

「不是。」

「誰的？」

小鳳不說。

「不會是羅雲龍的吧？」

「是的。」

「他跑到美國去找你了？」

「媽，是我錯了，我錯了，我錯了！」

「天啊！」媽媽喊叫著，轉身跑進廁所嚎啕大哭。

小鳳也放聲大哭。

那天晚上，小鳳住在家裡，那個她生活了幾十年的小房間，兩個小床依舊放在窗口兩邊，中間一個簡陋的寫字臺。台玻璃下面壓著她和妹妹的童年照片，有黑白，也有彩色，有的已經泛黃。時間如飛，一晃而過。她曾經坐在床上，對媽媽說，她想嫁給羅雲龍。今天，她懷了雲龍的孩子，卻不能如願。她和母親睡在小房間裡，談到半夜。

「媽媽，我是愛他的呀，一直想懷上她的孩子。」

「傑克知道嗎？」

「知道，他鼓勵我尋找真愛。」

「傑克真好，他才是你應該愛的男人。」

小鳳點點頭。

「但是，你懷上了別人的孩子，傑克還會要你嗎？」

「媽媽，我會把孩子養大的，你別操心。」

第二天，母親帶小鳳上街採購，買的都是嬰兒服裝和生活用品，塞滿了箱子。母親說要打報告提前退休，到美國照顧孩子。

臨走前一天，小鳳給傑克打電話，什麼原因都不解釋，只說要提前回來了。

「結婚了嗎？」傑克問。

「沒有。」

「出了什麼事？」

「回來再說。」

二十七

雲龍的臉一直緊繃著，他想給小鳳打電話，電話重得提不起來。葉紅怎麼柔情蜜意都不能引起雲龍的共鳴。雲龍沒有和葉紅交心的習慣，對小鳳，哪怕是殘酷的真相，也能說，因為小鳳頂得住。葉紅太脆弱，他不忍心讓她承受第二次打擊，那會要了她的命。但是，他的孩子，他怎麼面對他的孩子？讓小鳳獨自回美，撫養他的孩子？他和小鳳的關係突然間退位，變成了他和孩子的關係。

去飛機場接小鳳那天，原來準備請小鳳到到家裡共聚晚餐，葉紅等得心急如焚，雲龍天黑回來，只喝酒，一個菜也不吃。她以為是小鳳惹雲龍生氣了，嚇得她走路都躡手躡腳，說話也輕聲輕氣。雲龍睡在客房裡，她也不敢問到底發生了什麼事。第二個週末，她鼓起勇氣對雲龍說，請小鳳來呀，你們相愛過，我們做好朋友。

倒是小鳳打來電話，說要提前回美，想見見葉紅。雲龍要去接，被小鳳拒絕，寧可坐出租汽車。汽車剛到，一個漂亮的女人開了門，出來迎候。她穿一身醬紅的薄絨連衣裙，淡紫色的絲巾像飄帶一樣搭在雙肩。修長苗條，柔情綽態，明眸潔齒，如花似玉。她像在舞臺上走步一樣，扭著腰肢，輕巧地跑向小鳳。

小鳳點頭微笑，伸出手去：「你好，你好！你真漂亮，雲龍好眼光！」

葉紅眺了一眼雲龍，不好意思地說：「看你說的，以前我像死人一樣，他一定在你面前說了我許多壞話。」

雲龍脫了西裝，繫上了圍裙，去了廚房。

小鳳說：「我明天回美國。」

葉紅即刻喜上眉梢，心中的石頭落了地，臉也松了，神也清，氣也暢了，強裝的客氣和笑容都變得真真切切。情意款款地挽著小鳳，樓下樓上參觀。

她們從客廳，書房，餐廳，橱房看到主臥室，客房。在主臥室裡，小鳳看到了牆正中掛著的那張放大了的結婚照片。在盥洗室裡，看到了葉紅全套的化裝用品，以及性感的喬其紗睡衣。整棟樓，到處是裝修後的新鮮氣味。走到客房時，葉紅悄聲說：「這是為你準備的，沒想到你喜歡住酒店。」

小鳳連連揮手，笑著說：「謝謝啦，我喜歡清靜。」

走到廚房時，雲龍擋在門口，連聲說：「保密保密，廚房重地，不得入內。」

葉紅拍了拍雲龍肩上的灰塵，心疼地說：「你何苦呢？平時天天上館子，小鳳來了倒要親自下橱？」

雲龍對著小鳳道：「我做大橱師，你當清潔工。」

小鳳白了他一眼：「我是客人，你不要搞錯。」

葉紅不明真相，接過話笑嘻嘻地說：「當然，當然，我來做。」她利索地把盤子放進了水池，抽了塊抹布，擦去地上的水跡。她一抬手，一彎腰，一顰一笑，體態婀娜，舞姿翩翩。

葉紅和小鳳回到客廳。葉紅忙著擺碗筷，折紙巾。小鳳要幫忙，葉紅就是不讓。她請小鳳入座，然後去廚房，把燒好的菜一個接一個端上來。菜都被蓋著，三個盤子，一個沙鍋。雲龍解了圍裙，從櫥裡出來，葉紅迎上去悄悄地問道：「就這些？三菜一湯，你這樣請客？」

雲龍沒有答話，坐了下來，對小鳳說：「你揭蓋。」

不揭不知道，一揭，小鳳嚇一跳。

……鹹菜魚頭湯，番茄炒雞蛋，麻辣豆腐，香菇青菜。菜肴的熏香猶如一支快箭，射中了那年的國慶節。呵，陽光熱烘烘地撲進來，她的臉紅得像火燒，他們談婚論嫁。……

葉紅以筷擊桌：「雲龍，等一等，我去飯店叫幾個菜。」

小鳳猛然驚醒，忙說：「不能再多，正好，正好。」往事撞著她的眼睛，只覺得湯菜盤盆都變了型。握筷的手捏不緊，手一軟，筷子敲在碗上，碗落地，骨碌碌滾到雲龍腳下，「啪」地碎成兩片。

葉紅馬上起身，收拾碗片。雲龍再遞給小鳳一個碗。小鳳一再感謝，道歉。

葉紅一邊吃，一邊說：「嗯，味道不錯。雲龍，你還真有一手。」

小鳳說：「他是最好的丈夫，文武雙全。」

雲龍說：「吃魚頭，美國恐怕沒有。」

小鳳說：「只能回來吃。」

葉紅說：「別走了，叫雲龍天天燒給你吃。」

小鳳說：「那怎麼可以？我在美國已經結婚。」

雲龍重重地把碗一放，板起臉厲聲道：「不要亂開玩笑！」

桌上的菜碗像打起了內戰，「乒乓」作響。

葉紅說：「你為什麼說她在開玩笑？」

「你給我閉嘴！」雲龍拍著桌子，彈直了身體。這一拍，把餐桌都拍得抖起來，魚湯掀起白花花的浪頭，越出砂鍋，四處竄流。

葉紅啞口無言，驚恐的目光附在雲龍身上。

小鳳趕快用抹布擦桌子，一邊淡淡地說：「好大的脾氣喲！」

葉紅戰兢兢地問：「出了什麼事？」

雲龍僵直地站在那裡，喘著粗氣。

小鳳斜睨雲龍，不覺心一沉：雲龍老了呵！他的眼睛空空的，臉上的肌肉松松的，他的身軀像漏了氣似的，乾瘦單薄，搖搖晃晃。鑒於委屈和心酸，說了句尖刻的話刺激他，此刻，她澈底地後悔了。雲龍呵，你折騰不起了呀！二十多年來，他們從認識到相知，從相愛到分手，從離別到相會，翻來覆去，顛三倒四，如同一場愛情連續劇，這齣戲唱得太長太久，雲龍累了，她也累了。這齣戲應該落幕，應該收場了。

「小鳳，告訴我，出了什麼事？」葉紅走過來，蹲在旁邊問。

「沒事。」小鳳搖搖頭，站起來收拾碗筷，「這樣吧，我先回旅館去，你們夫妻好好談談，我去了。」

這時，雲龍推倒了椅子，離席而去。

葉紅直著脖子喊道：「雲龍，你要去哪裡？」

「砰」的一聲，雲龍出了大門。

葉紅跳起身，追了出去。

小鳳走到窗前，看見雲龍開著車呼嘯而過，葉紅落在車後，捲在塵煙裡。一眨眼，車和人都無影無蹤。

她靠在窗框上，望著杯盤狼藉的餐桌出神。好端端的一席晚餐，就這樣被他們自己攪散了。她繫上了雲龍的圍裙，把剩菜放進了冰箱，把空碗堆積在水池裡，然後，捧著抹布，去擦桌子。一邊擦，一邊聽見桌面在抹布下「吱吱」作響，一聲聲往她心裡鑽。她趕忙走到水池前，撩起毛衣的袖口，準備洗碗。籠頭一開，她的眼淚就止不住地淌下來。流水溫柔地撫摸著她的雙手，一朵朵水花在她的手背上跳躍，水池底，漸漸地鋪上一層白花花的泡沫。清水追趕著泡沫，池底越來越平滑，越來越乾淨，銀光閃閃，像鏡子一樣。在透明的水紋裡，她看到了自己。海水漫上來，退下去，她在海邊跑步。海風清涼，如情人似的，在耳旁滔滔絮語，如唱似吟。快樂，快樂，快樂！一定，一定，一定！說的全是英文！小鳳猛然驚醒。她用毛巾把水跡斑斑的碗盆都擦乾，放回了碗櫥裡。

這時，她想到了葉紅。葉紅呵，你要堅強些，我把雲龍留給你，你們好好過日子。她默默地走向大門。門旁的衣架子上，一黑一白，掛著她的夾克衫和雲龍的西裝。她穿上了自己的衣服，抱起西裝大步走到外面，四處張望，一邊喊道：「葉紅，葉紅！」

天上圓月當空，慈悲滿懷，星斗密布，戲笑人間。

月光下，有一個黑團，像包裹似的被遺落在一顆大樹下。小鳳疾步走過去，把西裝罩在葉紅的連衣裙上。

「葉紅，回家吧！」

「我等他。」

「你很愛他？」小鳳的手臂搭在葉紅的肩膀上。

葉紅無聲地點著頭，突然，「哇」地一聲，抱著小鳳痛哭。她說：「你不會懂的，小鳳，……你不會懂的。……我們好像重新活了一次，沒有人會懂的。」

「我懂，我懂。」小鳳把她扶起來，攙著往回走，一邊不斷地重複：「葉紅，我懂，我對不起。」

那天晚上，羅雲龍回到家，從車廂裡端出一箱白蘭地。他把酒放在老地方，打開床邊櫃的門，掉出一個粉紅的信封。封面是空白的。他趕快打開，裡面是葉紅的手跡。

雲龍：

我走了，不要找我，也不要告訴父母真相。我走了，你要找也找不到的。人生真是一場夢，我到現在剛剛醒來。我已經走到終點，你好好兒活著。

葉紅

也在這天晚上，羅雲龍接到小燕打來的電話，代替姐姐說再見。他站在窗前，遙望天空，看不見星星也看不見月光，好像眼睛瞎了一樣。他躺在客房的大床上，身穿一件過時的米色夾克衫，喝了很多酒，地上到處是酒瓶。烈酒在體內燃燒，卻點不起那種飄飄然靈魂出竅的幻覺。小鳳也好，葉紅也罷，兩個女人他都愛，欠她們的，他無法還清。還有他的孩子，將來如何交代？誰是你的父親，這個父親為什麼不負責任？

羅雲龍喝著喝著，漸漸失去了知覺。

二十八

葉彬退了，局裡保留著他的辦公室，名義上扶持新局長，實際上依舊享受局長待遇，而且無需按時上班。這天，他有點頭暈，服用了降壓藥以後還是讓司機過來接去上班。他像往常一樣，熱情地與迎面而來的下屬打招呼，不管認識還是不認識的。進了電梯，同行的財務科長主動給他關門，按鈕到最高一樓，同時問道：「羅局長好嗎？有份文件要簽字，沒找著他。」葉彬說：「一定在忙呢，我來簽吧！」「好，好！」財務科長畢恭畢敬地說：「太好了，謝謝葉局長。」

葉彬去了雲龍的辦公室，問秘書：「羅局長在嗎？」「報告葉局長，羅局長已經三天沒來上班，家裡電話和手機都沒人接，羅夫人也去向不明。」

葉彬一驚，問道：「上門了嗎？」

「去了，家裡沒人。」

葉彬退出去，到自己的辦公室給老伴打電話。葉夫人說：「沒准兩人度假去了。」葉彬說：「雲龍一貫謹慎行事，怎麼升了局長反而馬虎了呢？不像他的為人啊！」這一說，葉夫人坐不住了，說道：「我馬上回家，你也快回來吧！」

他們等了兩天，手機響，都沒有回話。局裡每隔兩小時給葉彬報告，找遍了所有的線索，包括給雲龍父母家，都說不知去向。第一天，每次電話鈴響，都像救星一樣，給他們希望。第二天，電話越來越少，刺耳的鈴聲像鞭子一樣，抽在兩位老人的心上。吃喝不寧，度日如年，他們尤其擔心自己的女兒，怕她憂鬱症復發，後果不堪設想。葉彬決定報警，夫人不反對。於是，警察破門而入，沒見葉紅，發現羅雲龍已經死了。沒有掙扎的跡象，也沒有翻箱倒櫃和被撬被搶劫的破壞，只見地毯上橫七豎八的一堆空酒瓶。

葉彬和夫人被請到公安局，警察遞來現場拍攝的照片。雲龍的雙唇安詳地合著，嘴角彎彎，好像含著淡淡的微笑。他的眼睛完整地閉上了，黑色的睫毛流蘇般垂在蒼白的眼簾下面，像一道沉沉的帷幕。

葉夫人眼淚汪汪地說：「我們都知道雲龍愛喝酒，是不是有人下毒？」

警察說：「這不難，解剖師能查出來。」

警察拿出葉紅紙條的複印件，問葉彬：「是不是你女兒的筆跡？」

兩人看了又看，不得不承認是葉紅的手寫體。

公安局的走廊上冷風颼颼，葉夫人扣上大衣的扣子，又給老伴紮緊圍巾，不緊不慢地說：「雲龍升職宴會上他們還雙雙跳舞呢！夫妻關係很親密，有目共睹，會不會有人要陷害葉紅？」

「有什麼線索嗎？」警察問。

葉夫人拿不出任何可供調查的線索。女兒極其內向，連知心朋友都沒有。

警察給了他們一張名片：偵查科長萬大林。

回到家，兩人無言而對。葉彬靠在沙發上，兩行眼淚奪眶而出。眼淚流過深深的皺紋，彎彎曲曲，好像他那沉浮曲折的人生道路。我這一輩子過得多麼窩囊啊！低三下四，忍聲吞氣，給人一副假面具。要不是為這個女兒，我何必呢？他想起了葉紅小時候，多麼可愛的閨女，跳舞唱歌，人見人愛。記得有一次，他對女兒說：「爸爸小時候學寫字，老先生來抽毛筆，握得不緊被抽出來是要打手心的。」女兒說：「爸爸力氣大，我握得再緊，也能抽出來，不公平。」他還記得，去西郊公園玩，女兒嘟著嘴說：「那麼遠的路，隔壁佳佳的爸爸讓司機送，你為什麼不讓？」他說：「爸爸媽媽陪你坐公車，你不比佳佳幸福嗎？」……

「文革」被打倒，夫妻都到鄉下改造，女兒也受盡委屈。為此，他盡力補償，給她找對象，給她房子，給雲龍升職，當上了局長夫人，還要圖什麼呢？為什麼要出走呢？沒有孩子可以領養。婚姻破裂可以離婚。哪怕得了絕症，還有家人的親情圍繞著你。總比一個人扛在身上要安全。

雲龍為什麼要死？是因為葉紅的紙條嗎？葉彬不相信。過去二十多年的坎坷都過來了，要死，早就死了。為什麼在關係好轉之後，死得不明不白？他只有五十歲啊，風光的日子在後面呢！他們不是在聯繫領養孩子嗎？有了孩子，皆大歡喜，為什麼要去死呢？

唉，葉紅啊，我的命根子，你為什麼不來找爸爸？爸爸是你的保護傘，你不是不知道啊！你是爸爸唯一的希望，你一走，生死不明，咱葉家就沒有後人了，叫我怎麼辦？

他覺得口燥舌乾，所有的水分都跑到眼睛裡去了。葉夫人端來了一杯熱茶，給他擦眼淚。他搖搖手，看出去一片模糊。葉夫人解開他的圍巾，要幫他脫大衣。葉彬說，你睡去吧，讓我一個人坐一會兒。

他彷彿坐在一個泥坑裡，沙發一點一點往下沉。心中有一塊地方是封存的，不能碰的，恰恰在這個時候，好像開了閘的潮水劈頭蓋腦地把他壓到海底。

「爹啊，我對不起你！」他失去了知覺。

葉夫人進睡房時，聽見葉彬大叫一聲，趕緊返身回來，葉彬已經不省人事了。

救護車很快到了，把葉彬送進醫院的高幹病房搶救。醫生護士圍著病人，葉夫人神情恐慌，雙目無光，獨自坐在角落裡流淚。她嫁給葉彬是在上海解放以後，剛大學畢業。許多黨員幹部是結過婚的，鄉下有老婆。進城以後，娶大學生，把鄉下的老婆休了。葉彬和她是原配，比別的大學生風光。她家上一輩有留洋的，也有去東南亞做生意的，幸虧嫁給了黨員幹部，得到政治上的保護。葉彬的爹是幹什麼的，怎麼死的，葉彬做了什麼對不起爹的事情，她一無所知。夫妻幾十年，她從來不多嘴，也不打聽不該知道的事情。嫁給葉彬，她心滿意足。唯一不順心的是寶貝女兒，身體不好，婚姻不幸。要是在以前，她巴不得小夫妻反目離婚，雲龍死了則更好，女兒可以重新找一個疼她愛她的丈夫。但是，自從雲龍美國回來以後，女兒臉上有了笑容，處處護著丈夫，口口聲聲誇獎他。這麼突如其來的變化，他們不知何故，也不敢多問。沒想到樂極生悲，出現這樣悲哀的結局。

醫生說：「葉局長是小中風，幸虧發現得早，否則有生命危險。」

葉夫人對老頭說：「老葉，你命大，閻王爺不收你。」

葉彬說：「虧得你沒睡，否則沒救了。」

葉夫人問：「是你叫我的，我才返回來的。」

「我叫了嗎？不記得了。」

「叫了，」葉夫人左右環顧，悄悄地在他耳邊說：「你不是叫我，是大叫一聲。你想知道叫什麼嗎？」

「不想知道。既然沒有記憶，一定不重要，你別當回事了啊。」

葉夫人點點頭。她總是這樣的，只要葉彬做了決定，她一定服從。當初，葉紅不願意嫁給雲龍，也是葉彬說了算。這次，葉彬差點兒丟了性命，如果死了，不是死得不明不白嗎？

第二天，她攙扶著葉彬下床走走，走到無人處時，忍不住問：「老葉，你爹是怎麼死的？和你有什麼關係嗎？」

「病死的，我早就告訴你了。」

「那你為什麼說，對不起他呢？」

「我哪裡說過？」

「你昏迷之前，我在屋裡聽見的。」

「你一定聽錯了。」

「聽得很清楚，你說，爹啊，我對不起你啊！」

葉彬不語，甩了夫人攙扶的手臂，往前走幾步，又轉回來，確定隔牆沒有耳朵，才說：「可能是指葉紅失蹤的事吧，咱葉家絕種了。」

「噢，」夫人握住他的手說：「是這樣啊！」她完全相信了。

「這話你可別對別人說，記住了嗎？傳宗接代是封建思想，要遭批判的。」

夫人點點頭。

折騰了一夜，兩人都累了。葉彬躺下就睡。葉夫人趴在床沿上，也合上眼睛休息了。

二十九

羅雲龍去世的消息傳開去，對於認識他的人來說，都是晴天霹靂。偵查科長萬大林走訪了羅雲龍的父母。母親哭得死去活來，父親不停地抽煙，蹲在地上一言不發。母親一邊哭一邊說：「雲龍是個孝順兒子啊，你看，我們家的房子，紅木家具，都是他給的。我們家祖祖輩輩是窮人，沒有雲龍，哪能過上這樣的好日子啊！我們的退休工資只有幾百元，他每個月在我們的帳戶上存錢，存得比我們的工資還要多啊！」羅媽媽抹一把淚，顫顫巍巍站起來，指著牆壁上掛的照片說：「萬科長，這是去年我們倆在歐洲拍的照片。我們以前都不知道地球是圓的，是雲龍買了旅遊票，有中文導遊，讓我們去開開眼界見。」老人家穿著咖啡色的織錦緞棉襖，藏青的薄呢西褲，非常體面。不用說，這些衣服一定也是雲龍添置的。

萬科長問道：「他們夫妻關係如何？葉紅來看望你們嗎？」老太太沒有馬上接口，朝老伴看了一眼。雲龍的父親低沉地說：「我們沒有文化，媳婦家是老革命，我們沒有多少來往，不敢驚動他們。」

萬科長問：「一年來幾次？」

老人搖搖頭。

「最後一次是什麼時候？」

兩人都沉默。

萬大林等答覆，一邊看著牆上的照片。巴黎凱旋門和羅浮宮，德國的慕尼黑和法蘭克福，意大利的威尼斯，奧地利的維也納。「哇，你們真是去了很多地方。」他轉身對老人說。雲龍媽終於說話了：「萬科長，婚禮以後沒有見過葉紅。雲龍一年來兩次，在我們過生日的時候。」萬大林怕聽錯，重複一遍：「你們在婚禮以後沒有見過葉紅，對不對？」老太太點點頭。

「春節和中秋都不來？」

「不來。」

「葉紅也失蹤了，你們知道嗎？」

兩人互相看了一眼，老太太說：「知道，是雲龍師兄說的。」

萬科長記下了師兄的名字和電話。凡是老人提及的，他都記下了。雲龍的兩個弟兄，工廠裡的師傅，學校同學和老師，局裡的司機，同事，等等，一一訪問，沒有一個人說羅雲龍的不是。羅雲龍從來不收禮，拒絕回扣和代理費；從來不為人情開後門；是最好相處的領導和合作者，沒人相信他會自殺，也沒人相信有他殺的可能。萬大林錄音回來，在辦公室一邊聽一邊想，羅雲龍還是挺有福氣的，那麼多人懷念他。

只有在上海市區的一條小馬路上，李小鳳娘家，羅雲龍的去世被稱為大好消息。傍晚，正準備吃晚飯時，小鳳母親接到小燕打來的電話，說：「羅雲龍死了。」

「什麼？你說什麼？」

「媽媽，今天報上說，羅雲龍去世了。」

「同名同姓的吧！」

「不是，登了照片呢！」

「趕快回家，把報紙帶回來！」

小鳳父親正在走廊的爐灶旁煮湯，被老伴一把拉進過去。「報應啊！老李，羅雲龍死了！我們家小鳳終於解脫了。」

「瞎說，你做夢去吧！」

「真的，小燕剛來電話。」

父親趕快把門窗檢查一遍，關緊一點，生怕鄰居聽見。然後說：「一定要保密。」

「保什麼密？都登在報紙上呢！」

「報紙？」

「是的，小燕看到了。」

「決不能讓小鳳知道。」

「小鳳在美國，誰去告訴她？」

「懷著他的孩子，早晚會知道。」父親的聲音很喪氣。

「哎呀，沒人知道那是羅家的孩子。」

「你知道，我知道，小燕知道。孩子的爹是誰，早晚要知道的。」

夫妻倆本來高高興興一邊吃飯一邊說，揚眉吐氣，但是，一說到小鳳便卡住了。

小燕回來了。母親說：「把門關緊。」父親說：「趕快，看報紙。」

一寸見方的黑白照片，確實是他們女兒迷戀了二十多年的羅雲龍。

小燕說：「姐姐懷著他的孩子，孩子沒了父親，怎麼辦？」

父親說：「只要小鳳不回國，我們瞞著她。」

母親說：「我們都走吧，全家移民，再也不要回來了。」

「為什麼要移民？」小燕反對。她有事業，如日中天，她不走。

母親說：「絕對不能提你姐姐見到羅雲龍一事，對誰也不提羅雲龍。」

小燕說：「我們酒店裡有人見過雲龍，也知道小鳳是我的姐姐。如果他們去報告，難免警察不找姐姐。」

母親的聲音開始顫抖，斷斷續續地說：「他們不說，你就裝糊塗。」

小燕說：「雲龍是在姐姐離開以後去世的，我打電話去，他活得好好的呢！你們幹嗎那麼擔心。他的死與姐姐沒有絲毫關係。」

母親說：「你姐姐懷著孩子，怎麼經受得起折騰？萬一出事就是兩條命，你懂嗎？」

那天晚上，老兩口怎麼也睡不好。小鳳媽不停詛咒：羅雲龍啊羅雲龍，你活著害小鳳，死了還要害她，真是太惡毒了！

三十

尋找葉紅的通告和照片傳到各省市公安局，很快，各個交通要道都收到了。公安這邊，解剖師的報告出來了，結論是「飲酒過度，酒精中毒死亡」。案子就這樣結了。

局裡準備開雲龍的追悼會，遭到了葉彬的反對。他給代理局長打電話說：「除非我女兒也死了，兩人的追悼會一起開。只要葉紅還活著，追悼會要等她回來。」

「那麼雲龍的屍體呢？要不要火化？」

葉彬猶豫了片刻，說：「燒吧！」

葉彬電話還沒有掛上，葉夫人在旁邊跳了起來。這是她唯一的一次失態，幾乎是吼叫著衝上去，一把抓住老頭的手，不讓掛電話。「不能燒！」她說：「如果葉紅還活著，你不讓她見最後一面？他們是夫妻啊！」

葉彬瞪了她一眼，掛上電話，揚手讓老婆走開。

下雪了，無聲無息的雪花好像天兵天將，彌漫空間，這個污染嚴重的城市頓時變得乾淨了一些。葉彬扭轉臉，看著窗外。雪光反射進來，室內亮堂許多，落在在葉彬臉上，交錯的皺紋更加明顯，滿頭銀絲顯得更加蒼白。

「你吃藥了嗎？」葉彬問。

葉夫人不答，縮在單人沙發裡，蓋著白色的薄毯子。她心律不齊，跳得很慢，醫生說有房顫。

葉彬拿了一個坐墊走過去，一手扶住她的肩膀，一手插入坐墊，讓她坐得舒服一些。「老太婆啊，女兒沒有找到，我們不能死。」他去倒了一杯水，拿來老伴的藥盒。葉夫人接過藥盒，取出藥片，放在手心裡。葉彬一直站著，等她吃完藥，才坐下來。他說：「你以為我沒有想過嗎？人死了，留著屍體，葉紅回來看到了，只能越看越悲傷，對孩子有什麼好處？」

葉彬沒有說這是自己的經驗教訓。如果當年沒有看見父親的頭顱被掛在城樓上，絕不至於如此刻骨銘心，愧疚終身。他的心緒起伏波動，想起了當年參軍的事情。他總是從參軍那一刻開始，回憶他的人生，總是反問自己，這一步走得對不對？他說：「當時，國共兩黨都抗日，如果參加了國軍，說不定在內戰時給解放軍打死了。即便逃到臺灣，看看那些無依無靠的老兵，晚年多麼悲慘！」

葉夫人迷茫地看著他，覺得不像是葉彬說的話。

「我們解放了全中國，當了官，娶了你。我待你還好吧！」他朝夫人看了看，繼續說下去，好像無需答覆。「我們有了女兒，你還想再生一個，想生兒子，你記得嗎？那時提倡當光榮媽媽，生得越多越好。」

葉夫人說：「你叫我避孕，說生一個夠了。那個時候避孕藥還沒有呢！」

「是啊，你只能在受孕期與我分床睡，記得嗎？」

葉夫人說：「怎麼不記得？」

「我難道不想要兒子嗎？我不敢要啊！男孩子容易出事。我們兄弟倆都選擇了當兵。我媽媽如果有個女兒在身邊就不會自殺了。」

「媽媽為什麼要自殺？」

「唉，前些天，你問我爹是怎麼死的？我沒有說實話。」

「他不是病死的嗎？」葉夫人問。她不由自主地伸手拉住葉彬的袖管，拉近身邊，捧起老頭的枯瘦的手托住自己的臉，全身微微顫抖。

「我知道你受不了。」葉彬說。

「說吧，我和你分擔。」葉夫人的眼淚一滴一滴落在葉彬手上。

葉彬沒有說，他想說，可是，眼淚像傾盆大雨一樣在胸中澎湃。他抱著太太的頭嚎啕大哭，哭啊，哭啊，洪水終於衝破堤壩，他一邊哭一邊說：「爹是給土改隊殺死的。他的頭被掛在城門上，掛在城門上啊。爹啊，爹啊，爹啊！」

天色漸漸暗下來，雪還在下，外面一片白光，室內更加黑。兩位老人就這樣相依坐著，也不開燈，說說停停，說到口乾舌燥，誰都不願意離開。這段時間，這塊空間，好像變得尤其純潔和神聖，聲音和語言如同飄灑的白雪，安撫兩位老人的心靈。

玻璃杯裡還有半杯水，葉彬拿過來喝了兩口，剩下一點給太太。他像對待孩子一樣，捧著杯子，把水送到太太嘴邊。

葉夫人說：「很多事情，以前我不理解，現在才明白，你心裡有這麼沉重的負擔。」

葉彬說：「我的苦是雙重的，因為自己的手也不乾淨。我也整過人啊！」他鬆開了太太的手，背靠沙發，自言自語。「打老虎」時，有人報告，說他們倆的收入並不多，為什麼手頭那麼闊綽？我只是懷疑而已。但是，為了表現積極，派人去抄家，抄出香港的來信，就搞到政治上去了。他們跳樓自殺，是被我冤枉的。「反右」時，引蛇入洞，要大家給黨提意見。我是沒敢說。很多人上當，被劃成右派。市委一次又一次地指示，人數不夠。我出身不好，不提供別人，就要輪上自己了。那些右派有的平時說話隨便，有的根本是無中生有，為了湊數字被劃進去的。他們大部分被發配到新疆青海，很多人死了。

葉彬閉上眼睛，歎著氣說：「我是知罪的，這些人的名字，我一個都沒有忘記。不像有的幹部，每一次運動衝在前面，過後又說自己受害。我們都是受害者，但是，很多幹部手上沾有別人的鮮血，欠著別人的性命。我不知道他們怎麼活到今天？我常常有活不下去的念頭。」葉彬說到這裡，禁不住老淚縱橫。

「『文革』結束，我沒有控訴，我看在那幾條人命的份兒上，覺得罪有應得。我沒死，還賺了呢！」他苦笑一聲，好像喉嚨裡有痰，咳不出來。

葉彬擰亮了手邊的檯燈。燈光從側面照過來，勾畫出他消瘦的輪廓。悲傷的眼神好像被紗布蒙著，毫無光彩。他拿起空空的玻璃杯，去廚房倒滿了開水，再給太太也倒一杯。葉夫人把水一飲而盡，連謝謝都忘了說。她想起身，做晚飯去，被葉彬按著肩膀坐下，他還沒有說完。

「不記得從什麼時候開始，我把自己關進了一個籠子，裡面是一個真實的我，見不得陽光的我。我真的期待這個黑暗的我死掉，被外面燦爛的陽光消滅掉吞噬掉，把我解放了，多好！但是，我的命跟我作對，也許是祖上的遺傳和基因，拖住我。你說我活得苦不苦？——」

葉太太坐回到他的身邊。

「以前，我扛著這份苦難，以為葉紅給我希望。我能給女兒好的生活。現在，只剩下我們倆，我們都老了，還要扛著幹什麼？我退位了，身體有病，還能把我怎麼樣？」葉彬歎氣。

葉夫人的頭靠在葉彬胸口，嚶嚶哭泣。她想到了自己，「反右」時，她是組織科長，別人報告說，剛懷孕的財務科長討厭開會；工會主席有野心，與小兄弟拉幫結派；工程師不滿「土包子」領導，結果一網打盡，全都帶上「右派」帽子。她說：「老葉，我們是人在江湖，身不由己啊！」

「不能這樣為自己開脫。」葉彬說：「如果爹活著，他會怎麼說？」

「爹會怎麼說？」

「退黨！回鄉種地去！」

這一夜是葉夫人生命中最長最黑的一夜。

三十一

小鳳一上飛機就吃安眠藥。她累了，什麼都不想，只想睡覺，讓自己的意識離開這個世界。座位靠窗，她在後背和窗框之間放了枕頭和毯子，再把自己的外套折起來，墊在一起，靠上去，軟軟的，閉著眼睛做深呼吸，用意念，集中在丹田，迷迷糊糊睡去了。安眠藥是母親給的，小鳳第一次嘗試。乘務員送來飲料，她沒有醒。送來晚餐，她也沒有醒。乘務員悄悄地問鄰座的中年婦女，她沒事吧！旁座不置可否。乘務員向機長報告，機長說，每隔一小時觀察一次。本來乘務員在熄燈之後，可以休息一會兒，為此，不敢貪睡，生怕小鳳出事。

小鳳沒有做夢，連續睡了幾個小時，一直睡到想上洗手間。她不知道自己在哪裡？找來找去，找不到洗手間。又窄又長的路上沒有人影，也沒有任何標記。她要找牆上一個女性穿著裙子的標誌，可是怎麼也找不到。鄰座發現她動了動，伸直上身打了個呵欠，又睡去了。趕快找來乘務員說：「有沒有其他空位子，把我的位子讓給她，讓她睡得舒服一些。」另一位乘客也表示願意讓出位子給小鳳。乘務員找到後面有幾個空位，輕輕拍拍小鳳，讓她躺下來。她醒了，問道：「洗手間在哪裡？」這時她才發現自己在飛機上。

從洗手間回來時，乘務員特地端來一杯熱水，問她：「是不是病了，要不要吃點東西？」小鳳搖搖手，謝了謝，躺在三個座位上，又睡去了。這時，她開始做夢。原來藏在腦子裡的人和事轉化成另一種畫面，動了起來。

那是雲龍，穿米黃色的傑克衫，走在一個女人後面。女人披頭散髮，只有一個背影。雲龍雙手一攤，一邊走，一邊說：「我該怎麼辦呢？你要我怎麼辦？」女人頭也不回，越走越遠。那個女人是誰？小鳳追過去，一直追到海邊，原來那個女人是自己，一直往水裡走，海水冰涼，淹沒了小腿，腰部，一直淹到肩膀。她大口吸氣，海水淹沒了她。她劃動四肢，拚命地遊。浮上來，再大口吸氣，只見汪洋無邊，「救命啊！」她大喊，但是，發不出聲音。她覺得呼吸困難，全身抽搐，蓋在身上的毯子和衣服都掉地上去了。「啊，啊，」嘴巴睜不開，她把自己喊醒了。乘務員跑過來，小鳳連說：「不好意思，做惡夢呢，我沒事。」她翻身又睡。剛才面對靠椅背，造成呼吸困難。這次，仰面朝天。她看見了藍色的天空，自己在天上飛。看見地面上一條大河，架著白色的水壩。水波洶湧，耀眼奪目，刺得她睜不開眼睛。她轉身，看見有人在河裡釣魚。幾隻白鶴站在漁夫身邊，等著美餐一頓。魚釣到了，白鶴群飛，把魚搶走了。漁夫甩了魚線，繼續釣。她降落在漁夫旁邊，問他：「要不要幫忙把白鶴趕走？」漁夫說：「這裡本來就是它們的天地，我只是給他們提供一點方便而已。」她覺得話音好熟，仔細一看，原來是美國的傑克。她想打招呼，一陣風刮來，把她吹走了。風是黑色的，夾著很多泥沙。她用手蒙住臉，什麼也看不見了。

後來，她又夢見一個男人，高大魁梧，光線很暗，像一條長長的黑影。男人說：「把孩子給我，我是他的父親。」「這是不可能的。」小鳳知道這是做夢，一定是夢，趕快醒醒，把這個男人趕走。但是，這個男人一直跟著她。不緊不慢，相差一步之遠。「你為什麼纏著我，滾開！」這一叫，把小鳳驚醒了。乘務員送來茶水，小鳳一飲而淨。她再要了一杯，覺得自己很累很累，越睡越累。肚子餓了，但是，她不敢吃東西，怕在飛機上嘔吐，非常狼狽。

她坐起來，想著剛才那個夢，心裡有點後怕。是不是小寶貝餓了，向我提抗議呢？她問乘務員：「有沒有牛奶？」「溫牛奶。」她補充道。乘務員端來牛奶，同時給了她幾塊餅乾。小鳳吃了，沒有感到難受。於是倒下再睡。剛才幾個夢，第一夢已經很模糊，只記得自己淹沒在大海中。第二個夢是關於釣魚的，傑克釣魚送給白鶴吃，這個夢是什麼意思？最可怕的夢是那個甩不掉的男人，不知是誰，是不是意味著有人想和我爭奪孩子？她不敢再做夢了，靠在窗框上，想到母親和她徹夜談心。叫她去打胎。

「你懷著別人的孩子，哪個男人要你？」母親說，「羅雲龍是天下最大的騙子，騙了你的貞操，騙你要離婚，再騙你懷孕。等到真相大白，他一點都不敢承擔責任，撒手不管，讓兩個女人都痛苦不堪。這樣的男人還有哪一點值得你去愛？」

小鳳苦苦哀求母親理解她的感情。她說：「這個孩子怎麼說也是在相愛時產生的結晶。我丟下雲龍，不能丟下孩子。美國有很好的福利制度，我有能力把孩子養大。」

媽媽說：「如果將來羅雲龍要這個孩子，你怎麼辦？他的老婆或者離婚或者死了，你還嫁給她嗎？」

「媽媽，求求你，不要問得太多，讓我把孩子生下來。等到孩子長大了，讓他自己去選擇。」

母親頓首跺腳，說道：「你還是看不清這個魔鬼，什麼時候能清醒啊！」

小鳳說：「我們已經一把年紀了，經不起折騰。雲龍還像年輕時一樣沒有長大。」

媽媽說：「那麼這個孩子就不是他的。你不能告訴孩子誰是他的爹。」……

廣播裡說，舊金山快到了。飛機外面是亮的，雲海上一片金輝。啊，馬上就要到家了。真該謝謝媽媽啊，讓我在飛機上睡得這麼好。她在家裡一定徹夜未泯，心在弦上呢。媽媽，現在你該放心了，我將安全落地。她想到傑克就在出口處等著，不由地激動起來。她的中國之行，每一天都那麼沉重那麼漫長，回到美國，日子就輕鬆了。她忘記了，傑克還不知道她懷孕呢！

三十二

一身黑色呢大衣，黑帽子黑圍巾，加上黑色墨鏡，葉紅到了火車站，不知道要去哪裡？沿著鐵軌往北走，本來想找個沒人看見的地方躺在鐵軌上了斷的。走著走著，聽見前方有個又哭又喊的小女孩。「媽媽呀，媽媽！」她上前拉著她的手。小姑娘大概四五歲，一邊哭，一邊說：「媽媽去洗手間，我在外面等，等了很久沒見出來，到處找也找不到。」小女孩還告訴她：「爸爸在施工中摔死了，媽媽和她從鄉下趕來取骨灰。」她給女孩擦了眼淚，拿出一張一百元的人民幣，對她說：「把錢藏好，肚子餓了去買東西吃。」然後把女孩帶回火車站，交給警察。警察問女孩：「你叫什麼名字？」「王小麗。」女孩答。「你媽媽也在到處找你呢。」就這樣，葉紅和這對母女一起坐上了去西北的火車。

坐定後，小女孩從口袋裡掏出鈔票，交給媽媽，說是阿姨給的。葉紅說：「你留著吧，讓媽媽給你買好看的衣服。」女孩媽媽感動得直擦眼淚。

看著小姑娘，葉紅想到自己小時候，要什麼有什麼，只要向爸爸開口，爸爸總是答應的。小姑娘失去了爸爸，日子怎麼過？

女孩媽媽說：「阿姨為什麼不買快車臥鋪票？這是慢車，坐鋪很擁擠，你會很累的。」

葉紅說：「和你們在一起，我有個伴，累點沒關係。」

「您有心事啊，想開點，咱孩子死了爹，還得活下去。」

這一說，葉紅眼睛紅了。心裡想，還得活下去，怎麼活啊？孩子生不出，丈夫不忠誠，父母不滿意，她該怎麼辦？二十多年的死亡婚姻，剛出現轉機，掏心掏肺地去愛他，想不到是一場騙局。雲龍對自己不是愛，只是可憐。他的心根本不在我身上。他能當面拍桌子，一走了事。小鳳在美國結婚，不是好事嗎？為什麼不讓說，還要發脾氣？我對他百依百順，父親給了他房子，地位，鈔票，他還不滿足，他到底要什麼？小鳳就是結了婚，他也不會甘心的。這個世界為什麼如此不公平。一生遇到的兩個男人，沒有一個真正愛過她。她裹緊了大衣，眼角掛著眼淚，不吃不喝，昏昏睡去了。

火車開開停停，乘客們上上下下。太陽升起來，絢麗的色彩穿過窗戶折射在人們的眼睛裡。太陽落下去，外面都是黑，什麼也看不見。乘客越來越多，有票沒有座位的，有的站著，有的坐在行李袋上，走道裡都是人，寸步難行。小姑娘睡在媽媽懷裡，醒了就吃，然後再睡。沒有人與人之間的照顧和關懷，更沒有人去注意一個不願意開口說話的瘦弱女子。葉紅這一睡就沒有醒來，直到女孩的母親發現她被擠扁了都沒有反應。於是，火車靠站時，開來了救護車，把葉紅救到醫院。她的座位很快被人佔領了。

葉彬接到電話時，葉紅已經脫險。那幾天，葉彬租了一個儲藏室，雇人把雲龍的衣物，所有的照片和書籍，全部裝箱。葉紅的也裝箱，清空了小樓，租出去了。整個過程，他不去，也不准老婆插手，全部由搬家公司一手處理。冥冥之中，他感到自己快不行了，葉紅回不來了，死在什麼地方，連屍體也找不到。他對老伴說：「如果我死了，不開追悼會，留著骨灰，等著有一天，和女兒一起下葬。」葉夫人聽得戰戰兢兢，也病倒了。

電話是公安局打來的，葉彬正在廚房裡給自己倒一杯咖啡。對方說：「葉紅被發現在火車上，已經奄奄一息。」

「什麼？請再說一遍。」葉彬不相信自己的聽力。

「葉紅找到了，現在西安的一家醫院裡搶救。」葉彬沒有聽完，手裡的咖啡壺摔在地上，杯子也握不住了。「啪嗒」落下來，從天花板折回的聲音刺耳驚心。葉夫人大喊：「老葉，出了什麼事？」不顧一切地翻身起床。跑到廚房，只見葉彬倒在地上。電話蕩在空中，發出「嘟嘟」的聲音。到處都是碎玻璃，一片狼藉。她怕老頭兒再次中風，拿起電話想報警，被葉彬拉住睡袍，狠狠地被拉倒在地。她的手心壓在玻璃片上，頃刻鮮血直流。葉彬一時失語，不知該喜還是悲，眼睛直直地盯著太太。葉夫人頓時慌了手腳，撲過來，抱著他的肩膀放聲大哭：「老葉啊，你不能死啊！老葉！老葉啊！」

等到葉彬緩過氣來，告訴她：「女兒找到了，活著呢！」兩人還是抱頭痛哭。夫人手上的鮮血順著他的脖子流，把胸前的內衣都染紅了。這時，葉彬才抹著眼淚說，趕快消毒去，別讓手心發炎。然後，撲通跪下，呆呆地望著蒼天，嘴裡喃喃地說：「您老人家有眼啊，聽見我的懺悔，把女兒還給我了。」

滿地的玻璃碎片似乎也聽懂了老人的話語，亮晶晶眨著眼睛為他們高興。碗櫥旁的電話一直倒懸著，好像睡著了一樣，不動也沒有聲音。他們不知道這當口，有多少電話打進來，萬科長，公司秘書，還有西安院方，都打不通。直到萬科長前來敲門。

萬科長進門時，地上的玻璃碎片已經清掃乾淨，他們手上的傷口也包紮完畢。葉夫人換好了衣服，葉彬正在盥洗室裡刮鬍子。葉夫人說：「萬科長來了最好，我們準備去西安接葉紅呢！」

萬科長說：「我在電話裡還沒有把話說完，怎麼電話就掛掉了呢！」葉夫人朝電話看了看，抱歉地說道：「哎呀，瞧這老頭，太激動了，沒有把電話掛上。」

萬科長說：「我們與醫院聯繫了，葉紅還要觀察，不能馬上出院。」

「不能到上海來治療嗎？」葉夫人問。

「如果我是你們，一定這樣想。」萬科長說。「但是，回到上海，要驚動多少人啊！媒體一關就讓你們受不了。」

「讓我們和她說說話，行嗎？」

「葉紅把身分證扔了，始終不願意與警方對話，情緒很不穩定，你覺得通話能夠幫助她嗎？」

「我們去西安。」葉彬刮好了鬍子，梳洗整潔，邊走邊說，看上去好像年輕了幾歲。

「當然，葉局長，你們可以去西安，但是，請考慮葉紅的處境，她還不知道羅局長去世了吧！」

兩位老人沉默了。葉彬心裡想，是啊，女兒見到我們，一定要問：「雲龍為什麼沒有來？」要是知道雲龍過世，承受得了嗎？

他對萬科長說：「我們沒有要求，接受你們的安排。」

萬科長走後，兩個老人一前一後走進臥室，拉開床邊櫃的小抽屜，在葉夫人的首飾盒了取出薄如蟬翼的一張紙，那是女兒留給雲龍的紙條複印件。紙張一折成四，葉夫人打開折縫時，紙片比她的手指還要抖得厲害。寥寥幾行文字，好像女兒從中站起來。葉彬說：「孩子啊，爸爸向你保證，以後再也不干涉你的生活了。」

三十三

傑克在舊金山國際機場等小鳳出來，等了好久。見到她那圓圓的甜蜜笑臉，正推著行李車走來，傑克喜上眉梢。行李車猶如龐然大物，下面兩個大箱子，上面還有一個小的。遠遠看去，小鳳只露出一個頭。傑克想，怎麼帶那麼多東西回來？走的時候，記得只有一個箱子。他大步跑過去，給小鳳一個擁抱，接過行李車，兩人向停車場走去，傑克說：「媽媽一定喂了你皇帝吃的食品，你看上去更加結實了。」小鳳笑笑，不語。

「飛機上累不累？」

「還好，睡了幾個小時。」

「那就好，否則被時差折騰，很難受的。」

「你好嗎。傑克？」

「好。記得五年級那個搗蛋鬼費力普嗎？現在我們成為好朋友了。」

「那好哇，以後他搗蛋，我就把你抬出來。」

傑克哈哈大笑。兩人你一句，我一句地聊著，誰也不提及為什麼沒有在中國結婚的事。

冬天的舊金山依舊是秋草碧水，天高雲淡。汽車路過海灘，夕陽西下，海水閃爍迷人的粼粼光芒。小鳳不禁脫口而出：「啊，終於回家了！」

傑克笑了，說道：「這話我愛聽，回家真好！」

快到高速公路出口時，傑克說：「今晚到哪兒吃晚飯？餓不餓？」

小鳳真的餓了，說在飛機上只顧睡覺，沒吃東西。

傑克車輪一轉，繼續開。「我們去你喜歡的廣東飯店，你吃清蒸魚，怎麼樣？我吃蠔油牛肉片。」

「清蒸魚？」小鳳搖頭，感到有點噁心。

「皮蛋粥，煮雞爪？」

小鳳還是搖頭。

兩人到了飯店，小鳳什麼都不點，只要了一杯熱水，一碗白米飯。

傑克哈哈大笑，說道：「你是為了給我省錢，還是在中國吃得太多，需要清洗腸胃？」

小鳳說：「傑克，你吃吧！吃完了，我告訴你為什麼。」

她把熱水倒進米飯，一邊拌一邊說：「這是上海人愛吃的早餐，叫做『泡飯』，意思是把飯泡在水裡。」

傑克說：「不放點醬油放點鹽？」

「不，」小鳳說，「伴著醬菜，乳腐或者蘿蔔乾一起吃。」

傑克向服務員招手，問他們有沒有上海人吃早餐的佐料？服務員奇怪地看著這個老外，聽不明白他的意思。小鳳說：「鹹菜，榨菜都可以，如果沒有就算了。」服務員說：「我們的菜都在菜單上，非常抱歉。」小鳳咕嚕咕嚕一口氣，把一碗開水泡飯都吃下去了，看得傑克豎起兩個大拇指。

海灣的夜風傳來了陣陣濤聲，水霧茫茫，貼在臉上，帶著海洋的腥氣。走出飯店時，小鳳覺得胃裡不舒服。她停住，雙手捧著胸部，蹲在地上。

「怎麼啦，小鳳？」

「我要告訴你一個壞消息。」

「什麼壞消息？」

「傑克，我想吐，你不要見怪啊！」

「病了嗎？小鳳，我帶你去醫院。」

「沒有病，是懷孕反應。」

「什麼？」

「傑克，我想吐。」小鳳大聲說，「你走開點！」

傑克一把抱起她，就像抱著一個大箱子，一口氣跑到車邊，開門取出一個塑料袋。小鳳的身體向前衝著，把白花花的米飯全部吐光了。傑克接過袋子，打了結，扔進了飯店的垃圾箱。小鳳以為傑克有一百個問題要她回答。沒想到，傑克開玩笑說：「幸虧吃一碗白米飯，否則，真是太浪費了。」

汽車在路上飛馳，傑克喜歡享受速度的自由，常常一邊開唱歌或者聽音樂。這次，靜得能聽見他的呼吸。傑克搖低了車窗，問道：「好受一點嗎？」

「嗯。」小鳳回答，舉手攏起被海風吹亂的頭髮。

送小鳳到家，傑克拉著箱子，一上一下跑了兩次，不讓小鳳拿重東西。

「謝謝你啦，回去吧，明天還要上班。」小鳳說。

「我去超市給你買點東西。」傑克說。

「明天我自己去。」

「別爭了，你要什麼？牛奶？麵包？」

「水果。」小鳳說。

傑克風風火火地出去。汽車啟動，車燈照亮了對面的牆壁，反射到小鳳的窗口，然後一點點暗下去。如果說，在過去，小鳳心裡忘不了和雲龍的舊情，與傑克的關係進展不大。那麼現在呢？肚子裡懷著別人的孩子，還能進展嗎？她真喜歡傑克抱著她跑步的感覺，雖然只有幾秒鐘。她想著，如果不是因為要吐，而是感情相吸，那該多好哇！

小鳳梳洗完畢，換上了睡衣。天藍色的薄絨棉布，寬鬆地套在狹窄的肩膀上，罩住突起的腹部，完全是孕婦的風韻。窗外瞬間一片明亮，她聽見摩擦地面的輪胎聲，趕快她站到窗口，看見傑克大包小包滿載而歸，不由感到一陣愧疚。

「讓我怎麼謝你，傑克？」小鳳打開塑料袋，準備把食品放進冰箱。

「你別動，我來，告訴我，應該放哪裡？」

「你走吧，回家去。」

「我等你吃點東西以後再走。如果繼續嘔吐，今晚我不走了。」

「哎呀，傑克，孕婦嘔吐很正常，別操心，你也需要休息。」

「小鳳，你說，我能休息好嗎？」

小鳳猶豫片刻，心裡想，如果有個女性朋友陪她過夜該多好！傑克是個她背叛過的男人，怎麼能夠讓他來照顧自己？

她上前挽上他的手臂，邊拉邊推地往外走，一邊說：「沒事，沒問題，你回去。」

傑克擁她道晚安。出門走了幾步，聽見小鳳在背後叫他。

「什麼事？」他微笑著轉回去。

小鳳靠在門框上，深情地說：「謝謝你，謝也謝不盡。」

關上門，她撫摸著自己的腹部，心裡很難受。她想了又想，也許媽媽是對的，如果沒有這個孩子，自己和傑克，就這樣，不用同居，不用結婚，已經足夠幸福了。一旦生下孩子，就得給他找一個爸爸，沒有爸爸的孩子怎麼能夠健康成長？傑克願意嗎？即使傑克願意，對他也太不公平了。她給媽媽打電話，說了很多。晚上躺在床上，一直在想，為什麼媽媽總是對的，自己總是不聽勸告？

三十四

葉紅在脫離危險以後，被轉到精神科病房。照顧她的護士叫劉雯，經常到葉紅床邊坐坐，給她看一些心理治療的雜誌和書籍。有一天，劉雯下班後，請葉紅到醫院的室內花園去散步。葉紅第一次看見她脫掉了護士的制服和帽子，不覺大吃一驚，劉護士平時看上去大概四十歲左右，舉手投足優雅得體，聲音也特別動聽，怎麼變得滿頭銀髮呢？一下子老了十多歲！

劉護士看見葉紅的目光專注地落在她的頭髮上，笑笑：「像我這樣的年紀，可以當你的媽媽了。」

「你把頭髮染一染，一定會很年輕的。」葉紅說。

「我的頭髮已經白了很多年了，是受了精神打擊之後，突然在幾天之內全白了。」

葉紅低下頭去說：「對不起啊，我……。」

「沒關係，都過去了。」

葉紅不由自主地摸了摸自己的頭髮，一繞把到手背上，又長又黑，慶幸自己的頭髮沒有變色。

她們倆在玻璃牆邊的竹椅上坐下，周圍青翠蒼綠，都是精緻的盆景和熱帶植物，陽光把大理石地面照得很亮。

「那時，我已經訂婚了，未婚夫乘坐的飛機在大霧中失事，撞山死了。」

「哎呀，多麼不幸啊！」葉紅挪動身體，靠近劉護士，一把握住她的手，手心貼著她的手背，撫摸一遍又一遍，輕聲說：「你真堅強啊，碰到我，恐怕就活不下去了。」

劉護士說：「我想不開啊，想自殺，想把眼睛一閉，什麼痛苦也沒有了。」

「我也常常這樣想。」葉紅說。

「但是，我是護士，上班時，接觸很多比我更不幸的病人，我能夠幫助他們減少痛苦。」

葉紅點點頭。

「如果我活下去，我的生命還是有意義的。對不對？」

葉紅還是點點頭。

「我知道你承受很大的痛苦，你要尋求專業的幫助，像我一樣，堅強地活下來。」

葉紅抱著劉雯痛哭，一邊哭。一邊吐露心中的委屈。這次談話之後，葉紅對心理醫生開口，把雲龍去世那天的一情一景，滴水不漏地全盤托出。

醫生說：「嗜酒者的死亡率高於常人二十倍。」

葉紅說：「如果我在結婚後，對雲龍好一點，他就不會嗜酒。那時，以前的女朋友瞞著他出國，他找不到，已經死心了。」

醫生說：「你們兩位同床異夢二十多年，沒有想到離婚？」

「離婚？我根本不要結婚，是父母之命。與其離婚後，再結婚，不如拖著。」

葉紅問醫生：「你不相信命運吧？我的父母也不信。我後悔當初沒有測一下我和雲龍的八字。我們倆肯定不配。要是測了，我就不用嫁給他。他知道我不愛他。我也知道他不愛我。但是，我的父母想抱孫子，他是爸爸的部下，爸爸對他有恩，是沒辦法才和我結婚的。我們從頭到尾都是錯，錯一步，步步錯。」

「後來，我被他的誠實和對愛情的忠誠所感動，我愛上他時，已經太晚，他去了美國找到了他愛的女人。可惜，他愛的人已經結婚了。我是在看到這個女人以後，才知道，他們之間的愛有多深，我才知道雲龍永遠不會愛我，他待我好，是對我的可憐。」

「你有沒有後悔寫了那張紙條？」醫生問。

「剛得知他去世的時候，後悔過。如果我不寫，晚上陪著他，可能不會去世。劉雯護士說，即使不寫，他也要以喝酒來麻醉自己的，因為他好不容易找到了心愛的女人，卻沒有得到。」

「是你請這個女人來家裡的，為什麼？」醫生問。

「當時我不相信他能愛別人超過他愛我。我們當時愛得不顧一切，分分秒秒都是愛，沒想到他當著我的面拍桌子，那個兇神惡煞的樣子，像要把人吃掉一樣。他開車走了，車後揚起的那團灰塵，就像我們的愛情，原來是那麼泡沫，那麼骯髒。……」

西安醫院同意葉紅出院，診斷書上寫著，嚴重憂鬱症，心理和藥物治療，效果明顯。葉紅在警員的保護下乘坐飛機，降落在虹橋機場。她是唯一一個沒有行李的乘客，離開上海時穿一身黑衣服，回來也是黑衣服，連手提包都沒有。她看見爸爸媽媽站在出口處，遠遠地向她招手，一路跑步，和他們緊緊擁抱，淚水漣漣。

葉彬到家後的第一句話就是向女兒道歉，所有這一切都是他的錯，是他造成的。看到父親蒼老了很多，媽媽顯得非常虛弱，葉紅慚愧地說：「爸爸媽媽，對不起，是我不爭氣。」她出院時就想好了做一件讓爸爸媽媽高興的事，這件事，是她和劉護士商量的結果。

葉紅在西安康復的消息，早就傳到萬科長那裡，再傳到葉家老人耳中，但是，越傳越變調，最後變成了由於第三者的介入而造成羅雲龍飲酒過度，不幸死亡。兩位老人急著想知道這個女人是誰。

葉夫人說：「雲龍去世了，他們告訴你了沒有？」

「是的。」葉紅出乎意外的冷靜，讓兩位老人跌破眼鏡。

「聽萬科長說，是因為另一個女人的關係？」

葉紅秀眉打結，高撐得像八字一樣，目光緊緊地盯著母親，看得葉夫人腿腳發軟，一屁股坐了下來。葉紅以為所有與心理醫生的談話都是保密的，怎麼傳到了父母這裡，而且變成了謠言？

「媽媽，你在說什麼呀？」

「這是謠言嗎？」葉夫人說：「你為什麼要保護那個女人？」

葉紅說：「因為雲龍一直飲酒過度，酒精中毒是早晚的事。那個女人在美國，已經結婚了。是我請來的，雲龍曾經要為她而離婚。那個女人不願意捲入我們的關係，你們聽明白了嗎？」她抽了一張白紙，把所說的話刷刷寫下，簽了名，遞給母親說，這是我的證詞，委託你保存。

然後，她走到葉彬面前，把頭髮往後一甩，雙手握在背後，仰頭說道：「爸爸，你不用向我道歉。你們已經習慣了自己的生活方式，道歉也沒用。我只希望你們對我放手，讓我做自己願意的事情，好嗎？」

「好！」葉彬說：「我們聽你的。」

葉紅轉身問媽媽：「你呢？」

「好，孩子，媽媽聽你的。」

葉紅說：「我活著回來，是因為我還有人生的路要走。我想當一次母親，也讓你們當外公外婆。我在火車上遇到一對母女，丈夫死了，他們能夠活下去，我想，我也是能夠活下去的。」

三十五

小鳳的懷孕反應越來越厲害，吃什麼吐什麼，連飲水也一起吐出來。醫生給她吊點滴，服用止吐藥，沒有明顯好轉，她覺得自己完全失去了對身體的控制，騰雲駕霧飄飄然，好像魔鬼附身一樣難受。

她坐立不安，嘴裡不停地念著：要是聽了母親的話，多好！要是聽了媽媽的話，與羅雲龍一刀兩斷，多好！要是聽媽媽的話，在中國人工流產，多好！

孩子三個多月了，醫生說：「生出來吧，將來找一個好人家撫養他。」肚子裡的孩子每時每刻吮吸著她的營養，每分每秒的長大，就是要給她看一個錯誤的結果。這個孩子就像一個證明，就像一個繩索，把小鳳的今天和過去綁在一起。這個過去是失敗的，悲哀的，痛苦的。這個孩子否定了她追求的情感，否定了她做人的信心。她夢見一個男孩，臉是黑的，瘦骨嶙峋，指著她的鼻子說：「都是你的錯，為什麼要把我生出來？」這個可怕的夢反覆出現，夜裡出現，白天也出現。門後的一把掃帚，角落裡的一個影子，都能把她嚇得喪魂落魄。

傑克怎麼也不相信小鳳要打掉這個孩子。「孩子是無辜的！」他說：「天上的飛鳥，你愛嗎？給你一把槍，你敢打死它們嗎？地上的兔子你愛嗎？給你一把刀，你敢殺嗎？你為什麼要殘害自己懷上的孩子，他是一條小生命啊！」

「那是一個錯誤，他的父親不要他，讓他在我身體裡報復我，我承受不了！」

傑克說：「我知道你很難受，精神難受，身體也難受。但是，小鳳啊，當母親是上帝給你的榮耀，不是每個人都有的。你要珍惜啊！如果你把他殺了，我敢保證，你一輩子會後悔的。」

小鳳跑進洗手間，捂著毛巾「嗚嗚」地哭。傑克敲門，敲不開。等她出來，不出來。傑克悻悻而去。小鳳聽見關門聲，哭得更厲害。她的手裡抱著電話，走到哪裡也不放下。長長的電話線就像救命稻草一樣，連接著美國和上海。她不停地撥號碼，撥了再撥，不提話筒，只要手指點擊了不同的數字，就會帶來些許安慰。

傑克走投無路時，跪下來禱告：天父啊，請原諒我疏遠了你，以為有能力處理自己的事情。我可以替代小鳳的工作，卻承擔不了她的痛苦。我是那麼無能，軟弱，不知所措。我請求您寬恕我，引領我走出困境。

他已經很久沒有去教會了。走進教堂，淚如泉湧。主啊，我來求你，我是不配的。我知道你收養失散的羊，我回來了，請你收留我。教會有三百多人，沒有一個認識小鳳，聽了傑克的述說，把她的名字念得滾瓜爛熟。傑克相信，禱告來自眾人的心田，其力量能夠穿透雲層，抵達天堂。但是，小鳳沒有信仰，也不知道禱告是怎麼回事。過去在中國，把人當作神的日子裡，她也是局外人。唯一相信的是愛情，現在對愛情也不相信了。她還能相信什麼？

傑克帶美國朋友來探望小鳳，有老媽媽也有小妹妹。南希七十多歲了，手舞足蹈，出口成章，談吐舉止像在表演節目一樣。她對小鳳說：「一點燭火經不起晃動的空氣，哪怕是輕輕的一聲歎息。姑娘的光明亮在心裡，心裡的燈火永不泯滅。」詩歌的語言，鮮活的性格，出現在老人家身上，小鳳不能不刮目相看。她們口口聲聲說主內的兄弟姐妹，小鳳覺得這個稱呼很新鮮。那意味著沒有輩分，沒有血緣的區別，都是相親相愛的一家人。

為什麼沒有人對她的懷孕另眼相看？為什麼人人都為一個新生命的誕生而祈禱歡呼？傑克還沒有與小鳳有過同床關係，卻被大家當作孩子的爸爸，使來喚去。YES，我給未來的媽媽端水。YES，我來分配甜食點心。YES，我來給大家攝影拍照片。YES，我坐小鳳旁邊。

姐妹們經常在晚上來，讓小鳳盼了一整天。意大利麵條，墨西哥捲餅，俄羅斯濃湯，德國包菜捲，各種各樣的風味。小鳳煮咸水毛豆，炒麻婆豆腐，做蔥油餅。家裡亂而有序，又吃又笑，熱鬧又得安慰。

南希說：「這個孩子是你的，也是我們大家的。你得多吃一點。」

小鳳想起了中國的一句古話：吃百家飯的孩子健康有福氣。

南西說：「等他出生後，你可要告訴他，我們早就註冊登記了，不能把我們當外人。」

這樣的話語，一遍又一遍，從陌生到熟悉，從懷疑到相信，小鳳不由覺得肚子裡的這個孩子實在是多麼幸運！

懷孕的反應在漸漸減少，心情也日益開朗。有一天，小鳳忍不住問傑克：「你真的想當孩子的爸爸嗎？」

傑克抓抓頭皮，偽裝成無可奈何的神態，說：「我逃脫得了嗎？」

「結婚還能離婚呢！」小鳳說，「我們算什麼？」

「我們算什麼？」傑克重複道，「讓我想想。」

小鳳說：「你要逃跑，現在還來得及。」

「我為什麼要跑呢？」傑克說。

「是啊，你為什麼天天來這裡？」小鳳問。

「那還用問嗎？」傑克笑著，一把抱住小鳳的肩膀，吻著她的頭髮說：「親愛的，我的寶貝，看著你受苦，我心疼啊！」

小鳳的耳朵貼在傑克胸口，聽見「通通通」的心跳。這是另一種語言啊，鏗鏘有力，正在和小鳳對話呢！這個男人的眼睛明亮而溫柔，棱角分明的臉上，因為她的緣故而變得滄桑憔悴，但是，厚實的唇上總是掛著微笑。

「小鳳啊，你的第一次出現就吸引了我的目光，你是我的花朵，我是你的花匠，愛護你，讓你永遠清香美麗是我的責任。」傑克還在說，對著天空，好似傾訴，好似自語。

「讓我們結婚吧！」小鳳囁嚅道。

「結婚！」傑克如同從夢中驚醒，大聲問：「你想結婚啦？」

「嗯」。

「什麼時候？」

「越快越好。」小鳳說，「再拖下去，婚禮服都要穿不下了。」

她拉著傑克的手，撫摸凸起的肚子，繞了一圈又一圈。

「小鳳想結婚啦！」傑克突然展開雙臂對著天空大聲宣布：「我的小鳳想結婚啦！」

小鳳笑著給了他一拳，說道：「結婚後不准反悔。」

傑克用手指點天上說：「我敢反悔嗎？」

星期天，她隨傑克上教堂。教堂又大又高，坐滿了人。

「我的天啊！」小鳳說，「這些人從哪裡來？」

傑克說：「就是這些人，天天為你禱告，為你求助。這是一張大愛的網，我們都在裡面。」

他們唱歌，然後禱告。這些歌，小鳳從來沒有聽過，但是，美妙得催人淚下，那麼容易上口，一聽就會唱。

You are my light and my salvation（你是我的光我的救恩）
The sheperd who guides me to righteousness（牧羊人引導我走正道）
You hear me when I call（你聽到了當我呼叫）
You are my strength when I am weak（你是我的力量當我軟弱時）
Keep-ing me safe from the enemies（保護我不被傷著）
Lord You reign forever（主啊永遠引領我）

小鳳跟著唱，唱了一首又一首，唱得哽咽。「我為什麼要哭？」她問自己。她找不到哭泣的理由。「傑克，我的眼淚為什麼控制不住？」她抬頭輕聲問，一看，傑克也在流眼淚。

走出教堂，歌聲還在她的耳邊繚繞。她分不清到底是動聽的音符跟隨著她，還是她不願意離開教會？她對傑克說：「我們下周再來。」

從此，小鳳的家裡有了歌聲，有時輕輕地哼，有時放聲地唱。有天晚上，月光皎潔，繁星閃爍，小鳳忍不住想寫點什麼，多少年了啊，我把筆扔掉了。她寫道：音樂是天籟，快樂之泉水，飲一口，甜蜜藏心間。對著如詩非詩的文字，她笑了。

三十六

美國領事館離小鳳家不很遠，穿過三條馬路就到了。當年小鳳出國，也是媽媽陪著去的。那時門口沒有那麼多人，簽證也不要等候那麼長時間。小鳳簽證時，只說了三句話，就簽出了。媽媽等簽證面談等了兩個多月，結果兩句話就被打回來了。領事問：「你女兒去了多少年了，回來過嗎？」也許是因為女兒出去讀書而申請到美國綠卡的關係，她的簽證被退回來了。本來辦了提前退休，一心一意準備去美國，現在整天待在家裡，心神不寧。

每天早上，收拾洗刷了早餐留下的碗筷，她就坐在小鳳的小房間裡，看著窗外發呆。小鳳回美後，曾經來電話說要打胎。她急得手足無措。晚上做噩夢，女兒在手術臺上沒有醒過來。白天提心吊膽，手術後誰來照顧她？後來，醫院不准打胎，等於白白給別人家生個孩子。小鳳怎麼受得了？她也受不了。只要小鳳來電話，媽媽總是不忘問她：「傑克怎麼樣？對你像以前一樣嗎？」提到傑克，小鳳一字不說，只是哭。媽媽聽得眼睛發黑，手一軟，電話掉在膝蓋上。她抓起電話，想再說幾句，女兒已經掛掉了。她用雙拳不停地捶自己的膝蓋，叫天天不應，叫地地不靈，以淚洗面。她和老公商量，等小鳳生了，與其送給別人，不如把孩子接過來。老公說：「你把事情越搞越複雜，將來怎麼對孩子說？是媽媽不要你？小鳳如何瞞住她將來的丈夫？」她說：「你有什麼好辦法？誰不會潑涼水？」夫妻之間冷戰不斷，飯也吃不香，覺也睡不好。

星期五晚上，小燕突然出現在他們面前，兜裡拿出一盒盒的葷素熟菜，還有一瓶香檳酒。「爸爸，媽媽，來，我們慶祝一下！」香檳酒「嘭」的一聲，冒出一長串氣泡，斟滿了三個高腳玻璃杯。

做父母的，都往小燕身上想，是事業騰飛，或是放棄當單身貴族，找到了如意郎君？

「姐姐要結婚啦！」小燕用酒杯碰撞兩下，大聲宣布，然後一飲而盡。她見父母坐著不動，給自己再斟了一杯。「你們以為我在開玩笑？是真的！請看，姐姐的電子郵件，我印出來了，寫給你們的。」

信紙一折為二，被小燕從包裡取出來。媽媽一把奪過去，看到的是方方正正的印刷體。她把信紙遞到丈夫面前，目光在第一行和最後一行之間跳來跳去。女兒的行文母親很熟悉，這封信，沒有一個字出自女兒之手，怎能讓人相信？

小燕站到父母的後面，高聲朗讀：

親愛的爸爸媽媽：我有千言萬語，不知道從何說起。先要報告好消息，我和傑克決定結婚了！你們放心吧，他願意當孩子的爸爸，他很愛我，照顧我，是個好男人。

爸爸媽媽，這個結果是我們教會三百多兄弟姐妹天天向上帝禱告而得來的。這是真的，是奇跡！我已經絕望了，走投無路時，感謝傑克，他去教會尋求幫助。現在我們每個星期天都去教會，感到很溫暖，就像在美國找到了大家庭一樣。

爸爸媽媽，我們做出結婚決定時，你們還在睡覺。我等不及了呀，就給小燕寫電子郵件，請她早點告訴你們。請媽媽再去申請一次簽證，不要灰心。爸爸也抽時間來美國一次，好嗎？傑克說要寫信給美國領事館，請你們來參加我們的婚禮。

信還沒有念完，夫妻倆雙目對視，欲說無言。燈光照在滿杯的香檳酒上，把一個個白白的泡沫吹破，露出透明的金黃。信紙在手裡抖動，被小燕接過去。他們倆相互捏緊了手，哭笑不得，驚喜得好久沒有緩過神來。等到小燕念完信，媽媽跑進小房間，關上門抱頭痛哭。小燕從來沒見過媽媽傷心到這種地步，目瞪口呆，手慌腳亂。爸爸說，讓她去哭吧，憋得太久了，總算得到了釋放。小燕說：「我打電話去了，爸爸，是姐姐接的，她說等你們去了就辦婚禮。」

「不要等我們！」媽媽在屋裡聽見了，擦著眼淚走出來，紅腫的眼睛和鼻子，臉上淚光閃閃，聲音悶悶沉沉。「簽證要等，萬一簽不出，耽誤了他們的婚姻，千萬不能等！」

爸爸說：「來，我們先把酒喝了！乾杯！」

「乾杯！吃菜！」

「媽媽，我代表小鳳敬你一杯！」小燕說。

「老頭子，我敬你一杯！」

酒杯乒乓響，桌上的菜肴在筷子下夾來夾去，白斬雞，上海熏魚，鹵牛肉，油爆蝦，素什錦，鴨舌頭，炒田螺，很快就被消滅得乾乾淨淨。小燕看著爸爸媽媽喜形於色，得意忘形，不覺眼睛潮濕了。在她的印象中，爸爸媽媽從來都是膽小如鼠，連咳嗽打噴嚏都要左右環顧，怕人聽見的。她打開收音機，轉到音樂頻道，一遍拍手，一遍唱歌。周圍的鄰居探出頭來，看著這家人的窗口，住了幾十年，從來沒有高分貝，怎麼今天歡歌笑語熱鬧鼎沸？小鳳爸爸習慣性地去關窗，關上了，又打開。看到鄰居們的笑臉，他雙手抱拳，連連鞠躬，好像過新年一樣。

「小燕，你趕快給姐姐寫回信。」媽媽關照說，告訴她：「爸爸媽媽一定申請去美國看望他們，但是，來不及參加婚禮，我們趕在孩子出生之前到美國，媽媽留下幫助看顧孩子。」

晚上，老兩口倒頭就睡，好像被快樂淹沒了似的。一覺睡到天亮，丈夫聽見妻子問：「幾點了？」

「六點十分。早著呢，你再睡會兒。」

「老頭子，我們是不是在做夢啊？天下哪有這麼好的事情？要是我的兒子娶媳婦，肚子裡懷著別人的孩子，我不氣死啊！」

丈夫說：「你就別亂想了。小燕說了，美國文化與中國不一樣。」

三十七

葉紅收到了孤兒院寄來的領養表格，其中有對孩子性別的選擇。說明上寫道，領養女孩比較快，男孩的等待時間達兩年以上，還不能保證。葉紅就在女孩上劃了圈，把表格寄走了。她在晚餐桌上順便提起，中國人的觀念還是那麼落後，只想生養男孩，送女孩到孤兒院。葉彬說：「如果是你自己十月懷胎，我們沒有選擇，男孩女孩一樣寶貝，但是，領養是有選擇的，我們也要男孩子。」葉紅說：「那些被拋棄的女孩子多麼可憐。我在火車站遇到的女孩，爸爸死了，還有媽媽。如果媽媽找不到，我也會收養她的。」

葉彬沒有多說，心裡卻非常惱怒。按道理，葉紅當媽媽，選擇權在她手裡，但是，她還沒有退休，長期病假，靠著收房租和父母的支持，撫養一個孩子談何容易！更讓他不安的是，葉紅入世不深，對社會的險惡沒有抵抗能力，孩子領來之後，如果什麼都自作主張的話，很可能又是一齣悲劇。

「老葉啊，」葉夫人說，「葉紅的軟弱是我們過於溺愛造成的。葉紅要長大，現在還來得及。等到我們進了棺材，那才糟糕呢！」

這張表格要是在過去，即便寄走了，葉彬也能力挽狂瀾追回來。現在他怕得罪女兒，怕到骨子裡，如果家庭再次破裂，他承受不起。葉彬本來就不是很開朗的人，心裡堵氣，話就更少了。正巧葉紅提出辭退做飯買菜的阿姨，每月剩下千把元費用，將來可以給孩子用。老夫妻便同意了。

葉夫人也是不做家務，不會做菜的官太太。她和葉紅一起去書店買了很多書，有烹飪的，編織毛衣的，縫紉的，養育幼兒的。葉紅把父親的馬列主義和政治經濟學以及國家領導人講話等書籍統統都裝箱打包，存進壁櫥。讓生活類的書籍上架，隨用隨拿。葉彬說：「如果我沒有離休，一本也不准你搬走。」葉紅說：「這些書有幾本你翻閱過？都是裝樣子的吧！」葉母馬上阻止她：「怎樣這樣對你爸爸說話？沒大沒小的！」

葉彬心裡一抽，身為老革命老黨員老幹部經過了多少次政治運動，檢查批判打倒後，他又站起來了。可是被女兒隨意一句話，讓他心驚膽顫了好幾天。

母女倆每天一早去農市場買菜，回到家裡，忙得翻天覆地，又是挑揀爛菜葉，又是洗又是切。有時手劃破了鮮血直流，有時候打碎了碗盆，有時菜煮得太爛，有時飯焦得冒煙。葉彬不僅被冷落了，還失去了安靜的環境，失去了美味的菜肴，失去了陪伴在身邊的太太。總之，失去了對生活的控制。葉夫人為了討好他，買菜回來，總要帶一些甜食給他解饞。葉彬從小就喜愛吃甜食。六十年代餓死人時，老幹部有特殊票證，購買老百姓有錢也買不到的食品。他們家在那樣困難的時期也沒有斷過甜食。

葉彬胃口不好。女兒做的菜，中不中，洋不洋，還不能提批評。這個家一直是以他為中心的，現在連說話的機會都少得可憐。葉夫人偶爾去上班，一回家被女兒纏著，不僅談烹飪還要打毛線。

葉彬除了看報紙，就是看電視。看著看著，他就睡去了。沙發裡的夢都不是好夢。要在以前，他告訴太太，多少得到些許釋放。現在多了女兒的耳朵，他不便說，白天打了瞌睡，晚上就休息不好。眼睛閉上睜開都能看見人影晃動。這些人是誰？似曾相見，卻看不清楚。有一天夜裡，他看見月光從窗玻璃斜射進來，在白牆上一點點升高，好像緩慢的扇形探照燈一樣，照到牆頂。忽然，他看見牆上的一個鏡框，鏡框裡出現四個人合影，這不是自家的合家歡嗎？父母，哥哥和他。照片裡他才十歲出頭，已經長得和哥哥差不多高。這張照片是他投奔革命時母親塞給他的。後來，被他撕碎扔進了糞坑。他揉揉眼睛，照片不見了。反轉身，閉上眼，背對窗戶，照片又出現了。真是見鬼了！他心裡說。隨即翻身起床，摸黑去了客廳。

他是扶著牆壁移動腳步的，生怕萬一不慎，弄出響聲，吵醒太太和女兒。手先往前伸，固定在牆上，再挪動一步。客廳的窗簾又厚又長，與外面的月光完全隔絕。本來並不很遠的路程，卻因為黑暗擋住了目標，他覺得走了很久。當他摸著沙發扶手的時候，已經累得背後虛汗淋淋。他坐下去開檯燈，不料，對面單人沙發的檯燈同時亮了。「誰？」他脫口而問。「爸爸，是我。」葉紅捲縮在沙發裡。

「為什麼睡在這裡？」

葉紅伸臂打呵欠，一邊說：「我看小說看得睡著了。」

「快三點了，回房去吧！」

「爸爸，你為什麼不睡覺？」

「我老了，睡眠不好。」

話音剛落，葉夫人出來了，一邊說：「這是怎麼回事？半夜了，不能明天再談嗎？」

葉彬被太太拉起來，挽上手臂，回屋去了。

望著父親佝僂的背影，葉紅不覺一陣心酸。父親老了，真的是老了，早晚要離開人間。她以前從來不曾想過這個問題。自從雲龍去世，死亡藏在空氣裡，被吸進去，吐出來，總是吐不乾淨。第二天早上，她把父親喜歡的甜食都買回來了。一缸酒釀，兩盒八寶飯，還有棗仁糕，芝麻湯圓等。葉夫人馬上用熱水把湯圓煮熟，端到葉彬面前。葉彬舉起湯匙，吹著嫋嫋熱氣，一口把湯圓送進嘴裡。咀嚼著柔軟、韌滑、香糯的芝麻湯圓，好像置身於另一個場景。這個場景只有在他心情舒暢時，魔幻一般地讓他插進去。葉彬眉飛色舞地說起了童年的故事。他說，最早的記憶就是看見傭人把白花花的新糯米浸在水缸裡，然後一勺一勺倒入石磨，傭人推著轉圓圈，那一頭，冒出乳白色的米漿，如同奶水一樣。米漿進入布口袋，不停滴水。他被奶媽抱著，還不能走路呢！長大一點，他就去推石磨，推也推不動。母親說，好東西來自不易，你要懂得珍惜。他還記得很多人在廚房裡做年糕，大冷天，捧米團，熱得只穿一件背心。家鄉的廚房裡總是香氣撲鼻，熱氣騰騰。他去玩，總有好東西吃。

葉夫人說：「明天早餐給你煮赤豆年糕湯。」

葉彬笑得眉毛鬍子都擠在一起，眼睛眯成一條線。

葉紅第一次聽父親說童年往事，聽得津津有味。她說：「什麼時候帶我們回老家看看，爸爸還有親戚在哪兒嗎？」

「沒有。」葉彬回答得很乾脆，「都死了，一個都沒有。」

「我爺爺奶奶的墓地在那裡嗎？我們應該去掃墓啊！」

葉彬知道壞事兒了，牙齒格格打顫。葉母趕快打圓場，說道：「牛肉湯煮了那麼久，還是咬不動，快去查書，看看有什麼竅門？」

葉紅起身，走向廚房，嘴裡還在說：「等孩子領來了，我們要告訴她祖籍在哪裡？家譜上有哪些人？」

葉母說：「領養的孩子沒必要與祖籍掛鉤。」

「那麼，我呢，你們為什麼從來不對我說？」

葉母語塞，回頭看一眼老伴。葉彬正從餐桌旁站起來，沒站穩，椅子的靠背倒下，他的身體往後一晃，一個踉蹌，膝蓋著地，一手抓住了餐桌的一條腿，桌上的碗筷紛紛滾下來。

「我的天啊！」葉夫人尖叫著跑過去，葉紅跟在後面。兩人扶起葉彬，只聽見他虛弱的聲音，「叫救護車，……」然後，就失去了知覺。

「老葉！老葉！」葉夫人搖著他的手臂拚命喊叫。

「爸爸！」葉紅抱著葉彬的肩膀，一邊哭，一邊喊：「爸爸，你醒醒！」

三十八

昏迷時，葉彬嘴唇在動，好像有話要說。救護車上，時醒時昏，斷斷續續，說著別人聽不懂的話。經搶救後，醫生說：「葉彬是高血糖昏迷。血糖超過常人一點五倍。住院，不能吃家裡的食品，必須嚴格執行。」

葉家母女倆都傻眼了，原來甜食是要奪命的！葉夫人說：「他並不胖，現在米飯和麵包都不能吃，那不要餓死嗎？」葉紅說：「爸爸住高幹病房，都是好醫生，不用擔心。倒是爸爸出院以後怎麼辦？天天不讓吃飽，太折磨人了。」

她們去高幹病房時，葉彬已經睡著了。他很久沒有睡得如此深沉，有人進來都沒有聽見。葉紅悄悄地說：「媽媽，你看，全是進口醫療設備，心跳，血壓，含氧量都顯示在電腦螢幕上。我們回去吧！」

葉母執意留下，說病床很寬，還有沙發，能休息好。葉紅去醫院對面給母親買了餅乾，在父親額上親一下，就走了。

小圓桌上燒水器不一會兒哧哧冒出熱氣，葉夫人取出免費茶袋，放入雪白的瓷杯裡，瞥了一眼床上的葉彬，再倒一杯白開水，等著葉彬醒來有水喝。葉夫人留下還有一個重要原因，是擔心葉彬昏迷時說出一些不該說的話。那天凌晨，她扶葉彬回睡房後，兩人一直聊到天亮。葉彬說眼前出現的幻影，不僅是合家歡的家人，還有反右時劃進去的幾個幹部。他聽說香港出版了一本書，是青海勞改農場倖存者的回憶錄，裡面有很多冤死者的故事。還說很多右派把誰迫害自己的名單都記下來，從領導到打手，有名有姓，作者說要貼在死者骨灰盒的底部。葉夫人不相信。葉彬說：「是局裡的老秘書轉告他的，老秘書當年也是積極分子，出賣過不少好朋友。這些人都死不瞑目。」

「他準備怎麼辦？」葉夫人問。

「他去教堂，信了上帝，求神原諒他。」

「簡直是自欺欺人。」葉夫人說，「你也是心理作用，怎麼沒有幽靈來找我呢？」

「可能是我的氣數快到了，他們先找我算帳。」

「老葉啊，我覺得你應該去看心理醫生。」

「這些話能對醫生說嗎？」……

葉彬小睡了一會兒，醒了，想起來解手，發現身上接著很多管子，才知道睡在醫院的病床上。他按鈴找護士，把靠在沙發上的太太吵醒了。葉太太看表，正是晚上七點鐘。病房像高級酒店一樣，有獨用洗手間，還有淋浴設備。葉夫人問葉彬餓不餓？他點點頭。護士不一會兒就端來晚餐，一碗雞湯，一杯番茄汁。

葉夫人怕丈夫發火，連忙說：「吊著打滴，不吃不喝也沒夠關係。老葉，你的血糖嚇死人，差點兒要了你的命！」葉彬把番茄汁一飲而盡。葉夫人把枕頭墊高，讓丈夫靠著休息。葉彬說：「喝湯就喝湯，餓了就喝湯。」葉夫人聽了忍俊不禁，把雞湯遞給他。葉彬喝了，說：「雞湯裡有鐵的味道，一定是罐裝的。」太太說：「讓女兒買個老母雞給你熬雞湯。」葉彬滿意地笑了，撫摸太太的頭髮，一邊說：「虧得你啊，救了我兩次命。」葉夫人靠在他的肩膀上，輕輕地說：「老葉，我們相依為命，要好好活下去。」

護士經常來測血糖，筆一樣的探測器，往病人手指頭上按一下，好像蟲咬的感覺，鮮血湧出來，被採走，放在儀器上，血糖數字就出來了。清晨要測，飯後也要測。葉紅每天下午來，煮了蔬菜雞湯給父親喝。母親的飯菜裝在保暖盒裡，有葷有素。她把盒子往媽媽手裡一塞，嘴巴往外一努，葉夫人就明白了。葉紅從包裡拿出正在編織的咖啡毛線，一針一針織起來，一邊看葉彬喝湯。她說：「爸爸，你看，又織長了一點，是不是？」

葉彬問：「你在編織什麼呀？」

「保密，爸爸，等織成了再告訴你。」

「我看就像一條圍巾，又瘦又長。」葉彬說。

「哎呀，怎麼被你猜到了呢！爸爸，這是送給你的禮物。」

「送給我的禮物？」葉彬朗朗大笑，一邊說：「爸爸什麼都有，我的好閨女，你不用這麼操心麼！」

「我喜歡。」葉紅歪著頭眨著一隻眼睛說。

那天早上，護士給了葉夫人一個血糖測試器，讓她學著用，關照：「出院後在家裡也要按時測試。」護士走後，葉彬說：「他們沒說要讓我出院吧！」

葉夫人說：「你的血糖完全正常，快出院了。」

葉彬說：「有件事要在出院以前做。你過來。」他的嘴巴貼在太太耳朵邊，說得很輕很輕。葉夫人直搖頭，削短的頭髮被搖得像稻草一樣根根都豎立起來。她推開葉彬，起身把門關緊，再把窗關好。回到葉彬身邊，四下環顧後說：「我覺得沒有必要請他來。」

「家裡有葉紅，說話不方便。我一定要和老周談一次。」老周就是葉彬的老秘書。

「政府已經給右派平反了，等於代替我們謝罪，你不是多此一舉嗎？」

葉彬說：「你以為我睡得很好嗎？每天晚上，等你睡著了，我就醒過來，每天只睡三個小時，你說夠不夠？」

「讓醫生給你配安眠藥。」

「安眠藥？」葉彬想了想說，「好吧，我服睡眠藥。」

兩天后，葉彬出院，心裡已經孕育了一個新的計畫，準備和女兒妻子攤牌。

三十九

兩次被閻王爺退回來，葉彬對死亡看得越來越淡。他想到女婿雲龍，走時帶著莫大的遺憾和無奈。他想把身上的負擔全部卸下，離開這個世界時，死而無憾。老周曾經在電話裡問起他，願不願意成立一個資助右派後代和家屬的基金會。當時，他並不想管這份閒事。但是，就在他拒絕了老周之後，夢裡開始出現幻影，不是一個兩個，有時候是黑壓壓一群。

他曾經在醫院的病床上夢見父親。父親並沒有遷怒於他，而是問他活得好不好。有沒有受到欺負？他跪在父親面前，聲淚俱下，說自己不配作他的兒子，應該千刀萬剮。父親說，你的軟弱做父親的是有責任的。他對父親說，我是不可原諒的，我的手裡有鮮血有人命，真不知道應該怎麼辦？父親說，如果你真要聽我的想法，如果你今天還是我的孩子，我就這樣教育你，把一家一當都拿出來，去賠禮道歉。是，爹爹。他看見父親從太師椅上站起來，往門外走，他跟在後面，卻是再也看不見父親了。他發現自己站在山頭上，腳下是懸崖峭壁。

他突然想起老周，父親的說法怎麼和老周那麼相似呢？老周信神，父親信的是什麼？

出院回家，生活變得更加簡單。吃飯，測血糖，葉彬連電視也不看了，多餘時間就在紙上寫東西。睡眠藥確實有幫助，他也不做惡夢了。半個月後，葉紅把新圍巾繞在他的脖子上，長二點五米，可以繞幾圈。葉彬高興得眉開眼笑，拉著女兒的手說：「坐下坐下，爸爸有話給你說。」

「記得你要給爺爺奶奶掃墓的事嗎？你提得好，明年清明我們全家去鄉下，買一塊墓地，給爺爺奶奶造個墓，也給爸爸媽媽造個墓。如果你願意，雲龍的骨灰也可以埋在那裡，怎麼樣？」

葉紅瞪大眼睛，聽不懂父親的意思。

「你曾經問爸爸，為什麼從來不提爺爺奶奶的事情？」

「是啊，」葉紅說：「我以為你是孤兒，很小就參加革命了呢！」

葉彬說：「爺爺奶奶的事以前不能說，因為爺爺奶奶有土地，被劃為階級敵人。」

「噢，原來你是地主的兒子？」

「是，我是地主的兒子，要和家庭劃清界限。」

葉紅說：「地主也有好人啊，聽說四川大地主劉文彩給平反了。」

「現在都平反了。」葉彬說，「你爺爺奶奶是天下大好人啊！爸爸是個不孝之子。」

葉夫人從廚房出來，一邊擦手，一邊說：「你爸爸是沒有辦法，參加了革命，要跟黨走，否則，……」她做了一個殺頭的動作，手做刀，往脖子上一劃。

「媽媽，你的家裡也是階級敵人嗎？」葉紅問。看見媽媽點頭，皺起眉頭問：「你們為什麼要參加革命？」

父母無言。葉紅轉身問葉彬：「爸爸，你為什麼不回答我的問題？」

葉彬回避女兒，目光垂地。

「我來回答。」葉母說，「那是一個潮流，我們跟著潮流走。」

葉彬想說，我為了給哥哥報仇。但是，如果葉紅繼續問下去，爺爺奶奶是怎麼死的？你為什麼給哥哥報仇，不為爺爺奶奶報仇呢？他怎麼回答？

「好了，不說了，不說了，都是過去的事情，我們往前看。」葉夫人幫丈夫補台。

葉紅實在太興奮了，哪肯到此為止？她把圍巾折好，放進塑料袋，一邊問：「爸爸，你有沒有爺爺奶奶的照片？」

「沒有。」

「爺爺家的房子有多大？有劉文彩那麼大嗎？」

「沒有。」

「現在誰住著？」

「房子已經沒有了。別問我為什麼，我什麼也不知道。」

「那我們怎麼去造墓地？爺爺奶奶哪年去世的？」

……

葉夫人拉著葉紅往外走，一邊說：「爸爸要休息了，我們去公園走走。」

葉彬確實累了，回答女兒的問題就像受審判一樣，無法自圓其說。這個口一開，再也合不攏，無論怎麼掩蓋，怎麼編織，也是漏洞百出，難以圓謊的。他只有一個心願，需要女兒幫助才能實現。沒有料到的是，還沒有起步，已經招架不住了。

趁著母女倆不在，他假設葉紅坐在他的對面，一遍一遍地練習如何與女兒交流協商。

「葉紅，爸爸要求你一件事。」

「葉紅，求你幫助爸爸了結一個心願。」

「好，爸爸你說，什麼心願？」

「爸爸想拿自己工資的一半去資助一些困難戶，他們曾經在爸爸手下工作，遭遇了不幸。」

「什麼不幸？」

「嗯，是這樣的……。」

「什麼不幸啊，爸爸？」

「他們是好人，……他們沒有錯，被爸爸打成右派，在監獄裡死了。」

「爸爸為什麼把好人打成右派？」

「嗯，……為了……。」葉彬吞吞吐吐，話語在舌頭上打滾，眼神焦慮恍惚，爬滿皺紋的前額漸漸滲出細細的汗珠，怎麼努力也說不出口。這個他想了幾天幾夜的計畫，就這樣難產在自己手裡。

他勸自己換一種說法：「葉紅啊，別去領養孩子了，好嗎？這些錢，爸爸有更重要的事情要做。」

「為什麼？你們不是要抱孫子嗎？為了你們的願望，浪費了我所有的青春！你為什麼出爾反爾，拿我的生命開玩笑？」

「唉——，」葉彬長歎一聲，自己原來是那麼齷齪，那麼陰暗，那麼可恨！他該怎麼辦？

「放棄了吧！」太太肯定這樣勸他。「什麼都不做，什麼都不想。別人能過這個坎兒，我們一樣能。」

太太是對的，他心裡很清楚。斬斷了這個念頭，一切都太平了。可是，葉彬不能啊！這是他心裡的一塊石頭，累啊，不堪重負。他答應父親，傾家蕩產也要去賠禮道歉！那個夢，警示他，站在懸崖峭壁前，如果不回頭，就是粉身碎骨的下場！我是答應了父親的呀，我答應了他，我答應他的。他自言自語，靠在沙發上睡去了。

葉紅和葉夫人回來時，信箱裡躺著一封領養組織寄來的信。葉紅趕緊拆開，沒看幾行，眼淚汪汪地塞給媽媽。「怎麼啦？」葉母問。

「他們說我不合格，收入不夠，健康也不符合標準。」

葉夫人看完信，搖著女兒的手說：「別洩氣，我們還有機會。先把身體養好。」

母女倆輕輕地開門，突然聽見裡面有人大喊：「我的天啊！我作的孽啊！爹，你來幫助我呀！」葉夫人奔過去，被葉彬一把推開。葉紅趕緊用一臉盆冷水浸濕浴巾，捧在胸前走過去。「爸爸，」她柔聲地說，「爸爸，我給你擦把臉。」

冰冷的毛巾蓋在臉上，好像針刺一般蜇痛。葉彬醒了。女兒用毛巾從額頭抹到兩頰，眼睛，鼻子，嘴唇，脖子，後頸，再抹一次，再抹一次，終於讓葉彬平靜下來。

葉紅想送父親去醫院，被母親一把拉到洗手間。洗手間只有門沒有窗，母親一進去，就把門關上了。葉紅要去開燈，被母親擋住。葉紅去開另一盞燈，即刻被母親關閉。

「媽媽，出了什麼事，你不讓開燈？」

「有些事只能閉上眼睛說，最好什麼都看不見。」

「不會的，媽媽，什麼事那麼可怕？」

葉母背靠牆壁，想了又想，不知道應該從哪裡說起。她問女兒：「你聽到爸爸說什麼了？」

「沒聽清楚，好像在喊爺爺，需要幫忙。」

「是的，是爺爺來找他了。」

「爺爺不是死了嗎？」

「靈魂沒有死。」

「媽呀，」葉紅一把抱住媽媽，「你在說鬼嗎？你為什麼不讓爸爸去看醫生？」

「這個病誰也醫治不了，病根實在太深了。」

「媽媽，讓我把燈打開好嗎？」

葉紅打開燈，看見媽媽眼裡都是淚。

葉彬醒之後去了書房，把老周寄來的材料插入他的資助計畫。每個人的判刑結果和生死狀況，遺孀或者後代的聯繫地址，要求老周幫助整理。他記下的名單中，有一半已經找不到了，因為反右之後還有四清和文革，監獄裡也鬧階級鬥爭，出身不好的被鬥死了好多。遺孀在文革中被打死或者病死的，後代在下鄉後自殺的，都有。葉彬以前常感到厭世，這份報告給了他生命的意義。活著就能贖罪，活得越長越好。

母女倆從洗手間出來時，天已經黑了。媽媽和葉紅說好，先做晚飯，再和爸爸去交流。但是，當葉紅一腳踏出洗手間時，看見爸爸書房裡亮著燈，好像被誰推了一把，不由自主往右轉，跑過去擁抱爸爸。葉彬正在寫東西，葉紅從背後撲過來，把他臉上的老花眼鏡，手裡的筆都甩得老遠，紙張嘩嘩掉到地上。葉紅趕緊蹲下，一張一張地撿。葉彬等著，他的祕密全部暴露在女兒眼裡。他等著女兒發問，等著再上一次審判台。葉紅按照頁數整理好，厚厚一疊托在手裡。看見第一張上寫的是：關於資助受迫害部下的計畫。她交給爸爸，問道：「這是什麼計畫？」

葉彬不語。

葉紅站在那裡，一張一張地看。

葉彬閉上眼睛，有些話是不能睜著眼睛說的。他再用手去蒙住臉，讓聲音從指縫裡透出來，「閨女，你爸爸是一個沒有受審判的罪人。」

「爸爸，你別說了。媽媽都告訴我了。」

「孩子啊，爸爸要用錢去贖罪，對不起你了。」

「爸爸，你不知道領養孩子的請求被退回吧！我剛收到來信，說我不符合要求。」

「噢，」葉彬臉上陰轉晴，嘴角上露出一絲笑容。他再次在心中感謝上蒼，站起來拍著女兒的肩膀說：「是壞消息，也是好消息。」

葉紅說：「爸爸，我可以幫你，你需要幫助嗎？」

四十

美國駐上海領事館收到舊金山一位教師的來信，裡面夾著醫院診斷，說他的華人太太高齡懷孕已經八個多月，胎位不正，可能要提前破腹產。希望儘快批准其岳父母的申請，前來照顧。這封信幫了大忙，小鳳父母都來了美國。

小鳳和傑克結婚之後，搬進了新買的洋房，面積比公寓大一倍。父母住在客房裡，有獨用的浴室和廁所。嬰兒單獨住一間，裡面裝了「竊聽器」。白天，母親做飯洗衣照顧孩子，父親上夜班，聽見哭聲，馬上起床，趕去照顧小寶寶。幸虧有時差，顛倒了白天黑夜，也不覺得特別累。父親喜歡坐在窗前看看海，什麼地方都沒有去。母親不喜歡海洋，看到波浪翻滾，頭暈眼花。父親的假期只有一個月，眨眼就到了。母親留下照顧小鳳和孩子，還有五個月，簽證才到期。

中國產婦坐月子，必須臥床。母親說：「開刀的產婦要躺雙月，除了餵奶，什麼事都不做。」可是，小鳳聽醫生的話，傷口拆線後，就起床了。身體恢復得並不好，奶水不夠孩子吃。「你要多吃點。」母親總是這樣說。小鳳搖搖頭，沒有胃口。「你要臥床，怎麼又起來了？」「不能用冷水洗手，不能穿拖鞋，不能洗頭，……。」

傑克天天吃中國的飯菜，頓頓有湯，那是給小鳳催奶的。美國的湯是濃湯，傑克很不習慣中國的清湯。他愛吃意大利菜肴，就自己做了。不巧的是，小鳳媽媽不愛吃番茄。廚房裡各做各的，餐桌上，各吃各的。傑克不以為然，岳母心裡很不舒暢。對小鳳說：「一家人不吃一鍋飯，不成體統。」

母親做得比保姆還要辛苦，卻是到處不稱心。吃不稱心，睡不稱心，女兒不配合，還不讓她和外甥一起睡。小鳳本來想給媽媽辦移民，臨到簽證即將到期，母親準備回國了。

孩子已經丫丫學語，爬來爬去，長得白白胖胖。母親抱著孩子說：「讓我帶他回去吧，一年以後再送回來，你也可以安心去上班。」孩子聽得咯咯笑。傑克也笑了，說道：「你和外婆親，明白外婆的心，是不是？」孩子在外婆臉上親一下，好像中英文都能聽懂。

「來，爸爸抱抱。」

孩子到了傑克手裡不到兩分鐘，又向外婆撲過去。

「小鳳，要不要和媽媽一起回國，帶著孩子住一段時間？」傑克問。

「那麼你怎麼辦？不想念孩子嗎？」

「你把身體養好了，比什麼都重要。」媽媽說，「中國的傳統醫療能夠幫助你。」

小鳳開始不願意，因為美國教育孩子的方式與中國不一樣，寧可自己帶而不要媽媽插手。但是，她還沒有足夠的體力帶孩子，為了養好身體，她同意了。飛回中國的前一天晚上，小鳳問傑克：「親愛的，你真的放心嗎？」

「我為你們禱告。」

小鳳想說一句話，一直沒有說。這時，又到了喉嚨口。那就是，你不擔心雲龍把我搶過去嗎？一年前，她和傑克關係也很好，不就是因為雲龍的出現而分手嗎？但是，她忍住了。這句話，只能對自己說，她問自己：「你還要去見雲龍嗎？你想讓他看看孩子嗎？」

傑克何嘗不知？不用小鳳說，傑克的內心已經掙扎了很久。小鳳回到他身邊是因為羅雲龍沒有離婚。如果見到孩子，他真的離婚了，小鳳擋得住嗎？傑克知道，愛情是有慣性的，常常超出理性的控制。只有胸懷憐憫的人，才具有大愛。這種愛，不來自本能，要靠靈修才能得到，非常人所有。那天晚上，他對小鳳說：「回國後，我建議你帶孩子去給他的親生父親看看。孩子有兩個父親比一個父親更好！」

「兩個父親？」小鳳沒聽懂。她靠在傑克的肩膀上，喃喃地說：「孩子只有一個父親，只有你是他的父親。」

傑克說：「親愛的，不要為我擔心，你知道我多麼愛你，也知道我多麼愛孩子。」

小鳳說：「孩子需要完整的家，這裡就是他的家。」

「雲龍是孩子的生父，應該讓他見見孩子，分享當父親的快樂。」

「他不配，他沒有擔當，他欺騙了我。」小鳳鼻子一酸，輕輕地抽泣。埋藏在內心深處的怨氣，幾十年來，一直被壓著，這時，決堤一般噴湧出來。她一邊哭，一邊把過去的事情，他們怎麼相識，怎麼戀愛，怎麼衝突，怎麼逃避，最後她孤身一人來到美國，都倒了出來。

有些事傑克聽過，有些沒有。傑克抱住她，像哄孩子似的，時而撫摸她的頭髮，時而拍拍她的肩膀，耐心傾聽。這一夜，變得那麼長，妻子的痛苦，想尖刀一樣次在他的心頭。「親愛的，我的寶貝，要是我早認識你幾年，在你最痛苦的時候認識你，該多好！」

小鳳又把雲龍來美國見面，發生在旅館裡的事情講給他聽。傑克垂手頓足，跳起來說：「都是我的錯！是我把你推向他的，是我的錯啊！親愛的，請你原諒我！」

小鳳說：「不是你的錯，你也很痛苦，不是嗎？你是為了我的幸福，不是嗎？」

傑克沉默了一會兒，其實心裡在禱告。他求上帝保佑小鳳，保佑全家。他對小鳳說：「親愛的，請相信我，再也不會做出以前的蠢事，誰也搶不走你！」

小鳳含淚笑了，心裡想，兩個男人都愛自己，為什麼雲龍總是比傑克矮了一截？他們相擁相吻，情意綿綿，直到天亮。

四十一

回上海調養了兩個月，小鳳臉上有了紅潤的光彩，體重也增加了不少。孩子的臉也變得圓圓的，越來越像小鳳。有一天，她對母親說：「媽媽，你別生氣啊，傑克說，要帶孩子給雲龍看看，畢竟他是孩子的父親。」母親怔住，啪地一聲，把碗朝地上狠狠一摔。孩子嚇得哇哇大哭。

「別用傑克做擋箭牌。」母親說。「你就是不死心。我告訴你吧，羅雲龍已經死了！你永遠也見不到他了！」

小鳳以為媽媽在說氣話，沒有吭聲。從那以後，每次小鳳出門，母親不准帶孩子。明明知道孩子的生父已經不在世上，她仍舊不放心。

小燕正在與一個海外回來的留學博士相處，不敢告訴父母。經常與小鳳一起出去逛街，說說心裡話。有一次，小燕問姐姐：「外國人有什麼好？那麼多不默契的地方，你和傑克怎麼心心相印？」

小鳳說：「一定是媽媽在背後說傑克的壞話，是不是？」

「不是，」小燕說，「媽媽叫我不要嫁洋人。」

小鳳說：「他愛我，愛兒子，都是無條件的，我還要什麼？」

「你愛他嗎，姐姐？」

小鳳沒有回答。她想說，傑克的愛與情人不同，她感到安全透明有依靠。小燕能明白嗎？媽媽能明白嗎？她自己也不明白這是不是愛情？不過，經歷了那麼多年的痛苦和折磨，她寧可選擇傑克而不要死去活來的刺激。

她們走到兒童用品商店，小鳳想給兒子買鞋子。小燕說：「買大一點的，他長得那麼快。」小鳳挑啊，挑啊，兒子不在身邊，很難買到合適的。小燕說：「你說兒子像你，我覺得更像羅雲龍，眉毛，鼻子特別像。」小鳳無語。小燕又說：「要是雲龍知道有兒子，……。」本來小燕想說，如果雲龍知道有兒子，大概不會去世。但是，被小鳳打斷說：「他是知道的。」

「什麼？」小燕停住了腳步，大聲問道，「你說什麼？」

「他是知道我懷孕的。」

「那他為什麼要死呢？」

「死？」猶如當頭一棒，小鳳差點兒昏過去。「小燕？你說什麼？」

「媽媽沒有告訴你嗎？就在你離開的那天晚上，他死了。」

「啊？他死了？他為什麼要死啊？」小鳳撲在小燕的肩膀，只覺得胃裡一陣痙攣。她拚命地搖頭，搖得像撥浪鼓一樣。她被小燕拉出商店，走到轉彎角的花壇旁，腳一軟，跪在地上。小燕攙起她的手臂，叫了出租車回家了。

「他知道你懷孕？真的知道嗎？」小燕在車上說。小鳳閉著眼睛，淚如泉湧。那天晚上的每一個細節都在腦海裡翻騰，找不到哪裡出了問題。

下車時，小鳳臉色蒼白，輕聲問：「是自殺嗎？」

「不是自殺，」小燕說，「是飲酒過度，中毒死了。」

小鳳用拳頭砸自己的腦袋，心裡終於明白，害死雲龍的不是別人，恰恰是自己！如果不去機場見他一面，就沒有肚子裡的孩子。如果不見面，逝去的感情不會死灰復燃，也不會導致他的婚姻破裂。愛情啊愛情，到底是天使還是魔鬼？在愛情的覆蓋下，人的生命那麼脆弱那麼不堪一擊。她罵自己：「李小鳳，你得到了自己想要的，得到了他的愛情和他的孩子，卻丟掉了他的性命！你的良心能安寧嗎？」

回到家，她劈頭劈腦地問媽媽：「雲龍真的死了，你在美國六個月，為什麼不告訴我？」

「我哪裡沒有告訴你？是你自己不相信。」

「媽媽，是我害了他。是我啊！」

「胡說！你被他害得還不夠嗎？」

「媽媽，他死了。是我的錯。如果我聽你的話，他不會去死的。」

「死了才好呢！你也死心了。」母親毫不讓步。

「媽媽，請不要再詛咒雲龍了，我求求你！媽媽，媽媽啊，我求求你，你答應我好嗎？」小鳳跪在媽媽面前，涕淚滂沱，不肯起來。

母親抹一把眼淚，也跪了下來，抱住女兒的脖子，大聲呼喊：「我的寶貝啊，你的命為什麼那麼苦？我答應你，答應你，不再提他的名字了，好嗎？」

傑克打電話來，小鳳一開口就說：「羅雲龍死了，死了半年，我們不知道。」

「他為什麼要死啊？」傑克問同樣的問題。

四十二

小鳳回到美國，沉默寡言。傑克想讓小鳳辭去工作，在家裡好好休養，卻不知道如何開口。小鳳，你留在家裡看孩子吧！他對著鏡子說了幾次，都感覺不對。他不知道，在小鳳心裡，羅雲龍的離世，好像被攔腰斬斷，帶走了她的生命。為了愛雲龍而做出的放棄，忍讓，成全，委屈，怎麼說，也是苦中帶樂的一種價值。他們之間，分開再遠，時間再長，也是互相眷戀，割裂不斷的。好像建造一棟房子，雲龍算不上棟梁，也是墊底的基石。這塊石頭現在被抽走了，房子怎麼挺立得住？

到了佳節日，傑克總是安排去野外旅遊，近處遠處排得滿滿。孩子生來喜歡自然，被繽紛的色彩和天上地上的各種動物吸引，咯咯笑著，歡蹦亂跳。小鳳自然心裡歡喜，甚至冒出了想動筆寫點什麼的念頭。但是，一旦靜下來，便看到了與雲龍戀愛的鏡頭，兩人坐在草地上，你看著我，我看著你，炯炯目光像火一樣燃燒。她的心就在這時被割痛，所有的美景和讚美的語言都被燒成灰燼。

這樣的事情反覆發生，好像一種惡性循環，每每小鳳有點起色，羅雲龍就插進來破壞。時間久了，傑克也感到疲憊。他在禱告中一再祈求神的幫助，也求神能進入小鳳的心，相信只有死而復活的耶穌是救星。小鳳不願意將以前的愛情向外人公開，更不願意讓人知道兒子的親生父親不是傑克。所以，周日的教會敬拜也不去了。

有一天，小鳳對傑克說：「你說神掌管一切，神愛世人，怎麼叫我相信？我愛羅雲龍，卻害死了他，難道這也是神的安排？為什麼要有這樣的結局啊？」傑克說：「正因為他是神，很多事情我們猜不透。正因為我們不是神，所以，目光有限，常常出錯。神愛世人，就是在人出錯的前提下，能夠原諒和憐憫我們，這是最大的愛。更何況耶穌上了十字架，為我們抵罪，全部的過錯都被一筆勾銷，所以你不必在自責的泥潭裡往下沉。」

小鳳說：「神有能力讓雲龍起死復活嗎？讓我見他一面？他這樣不明不白地死了，一句話也不給我，我怎麼能夠放下他？」

傑克說：「那麼，我們就為此禱告。」

小鳳瞪大了眼睛，好像看見了希望，但是，很快暗淡下去，搖搖手，低下了頭。

她不得不聽從丈夫的勸告，去看心理醫生。醫生能解開小鳳的心結嗎？越是接觸往事，小鳳越是消沉憂鬱，常常說到一半，呼吸都感到困難。她暗自對自己說，人都死了，還提他幹什麼？去了幾次，就停止了。

一晃幾年過去了，兒子漸漸長大，從站立到跑步，說話和唱歌。小鳳卻像枯萎的花朵，老得很快。傑克的頭髮也漸漸花白，無怨無悔陪伴著一個捲在痛苦深淵中的妻子，甚至把妻子為情人生的孩子視如己出。小鳳不能不為此感動。

「這就是基督徒嗎？」她問上帝。「你讓傑克為我犧牲，這也是你的安排嗎？」這個問題一直在她的心裡盤旋。她也暗自在廁所裡禱告，求神保佑她的丈夫和兒子。有一次，傑克經常掛在嘴上的話在耳邊響了起來：神就是愛。她的眼淚不知不覺地湧出眼眶，然後嚎啕大哭。她不知道為什麼眼淚噴湧而出，並不是她自己要哭的。她不由自主地呼喊：「神啊，救救我，救救我！」哭得精疲力盡時，她背靠浴缸半睡半醒地開始做夢。她在心裡說：「你就是通過傑克來愛我的嗎？天啊，這不是人的愛，這是神的愛！」

那個週末，傑克外出開會，她帶兒子去公園玩。兒子長高了，在草地上奔跑，跑得很快，她追上去，走進一片樹林，不見了兒子的蹤影。陽光像碎片一樣從枝葉的縫隙撒向大地，交織成一張亮晶晶的網。她覺得眼皮很重，視線模糊。她喊兒子的名字，竟然喊錯了。

「雲龍……雲龍！」聲音走得很遠，然後折回來。折回來的不是她的聲音，是雲龍的。

「小鳳，你好嗎？」

「雲龍，是你嗎？我怎麼看不清？」

「是我。小鳳，是我。」

「他們說你死了。」

「是的，我死了，但是，我沒有走遠，我要見你一面。」

「雲龍，你看得清我嗎？」

「看得清。」

「親愛的，我老了，不是你愛的小鳳了。」

「小鳳，在我心裡，你永遠可愛漂亮，永遠不會改變。」

「雲龍，你的兒子，你見到兒子了嗎？」

「見到了，謝謝你，也感謝傑克。」

「他和你長得很像。」

「是的，你留下了我的兒子，我感激不盡。」

「雲龍，我對不起你，我是有罪的，都是我不好，是我害了你。」

「小鳳，小鳳，不要這樣說。是我的錯，我的錯。你要快樂地活下去。」

「你在天上等著我啊，你保證，你保證。」

她想走過去，離他近一點。然而，雲龍不見了。小鳳發現自己倒在草地上，兒子在旁邊哭泣，扯著她的衣服喊媽媽。她把孩子摟在懷裡，一手撫摸他的頭髮，輕輕地說：「別哭，別哭。我見到你爸爸了，你快長大啊！」

小鳳支撐著站起來，拉著兒子的手回家去。這個夢讓她得到些許安慰，對自己對雲龍都有了交代。她沒有告訴傑克自己內心的變化，卻對傑克說，我們週末去教會吧！我愛聽那些歌。

第二年冬天，放寒假的時候，小鳳和傑克一起帶兒子回國。她想讓雲龍的父母見見孫子。傑克點頭贊成。但是，走到雲龍家石庫門房的門前，彷彿看見了當年那個新娘坐在門坎上，等著新郎來開門，一把抱起她。

「他沒有了，他沒有了！」小鳳自言自語，頓時胃裡一陣絞痛，撲倒在傑克懷裡，泣不成聲。

她抹了一把眼淚，對兒子說：「對不起，媽媽找錯地方了，我們回去。」其實，十幾年前，雲龍家早就搬走。

後來，小鳳獨自回國，約見葉紅，見了三次，其中一次接受葉紅的宴請，見到了她的父母親。葉紅一直守寡，沒有再嫁。小鳳一直守著孩子的祕密，沒有告訴葉家。

語言文學類　PC0732　SHOW小說41

愛情懺悔錄：
一位母親要給兒子講述的故事

作　　者／融　融
責任編輯／洪仕翰
圖文排版／周好靜
封面設計／楊廣榕

發 行 人／宋政坤
法律顧問／毛國樑　律師
出版發行／秀威資訊科技股份有限公司
114台北市內湖區瑞光路76巷65號1樓
電話：+886-2-2796-3638　傳真：+886-2-2796-1377
http://www.showwe.com.tw
劃撥帳號／19563868　戶名：秀威資訊科技股份有限公司
讀者服務信箱：service@showwe.com.tw
展售門市／國家書店（松江門市）
104台北市中山區松江路209號1樓
電話：+886-2-2518-0207　傳真：+886-2-2518-0778
網路訂購／秀威網路書店：https://store.showwe.tw
國家網路書店：https://www.govbooks.com.tw

2018年8月　BOD一版
定價：290元

國家圖書館出版品預行編目

愛情懺悔錄：一位母親要給兒子講述的故事 / 融融著. -- 一版. -- 臺北市：秀威資訊科技, 2018.08
面；　公分. -- (語言文學類；PC0732)
BOD版
ISBN 978-986-326-579-5(平裝)

857.7　　107011296

讀者回函卡

感謝您購買本書，為提升服務品質，請填妥以下資料，將讀者回函卡直接寄回或傳真本公司，收到您的寶貴意見後，我們會收藏記錄及檢討，謝謝！如您需要了解本公司最新出版書目、購書優惠或企劃活動，歡迎您上網查詢或下載相關資料：http:// www.showwe.com.tw

您購買的書名：________________________________

出生日期：________年________月________日

學歷：□高中（含）以下　□大專　□研究所（含）以上

職業：□製造業　□金融業　□資訊業　□軍警　□傳播業　□自由業

□服務業　□公務員　□教職　□學生　□家管　□其它____

購書地點：□網路書店　□實體書店　□書展　□郵購　□贈閱　□其他

您從何得知本書的消息？

□網路書店　□實體書店　□網路搜尋　□電子報　□書訊　□雜誌

□傳播媒體　□親友推薦　□網站推薦　□部落格　□其他________

您對本書的評價：（請填代號　1.非常滿意　2.滿意　3.尚可　4.再改進）

封面設計___　版面編排___　內容___　文／譯筆___　價格___

讀完書後您覺得：

□很有收穫　□有收穫　□收穫不多　□沒收穫

對我們的建議：________________________________

____

____

____

請貼
郵票

11466
台北市內湖區瑞光路 76 巷 65 號 1 樓
秀威資訊科技股份有限公司 收
BOD 數位出版事業部

....

（請沿線對折寄回，謝謝！）

姓　　名：＿＿＿＿＿＿＿＿　年齡：＿＿＿＿　性別：□女　□男

郵遞區號：□□□□□

地　　址：＿＿＿＿＿＿＿＿＿＿＿＿＿＿＿＿＿＿

聯絡電話：(日)＿＿＿＿＿＿＿＿(夜)＿＿＿＿＿＿＿＿

E-mail：＿＿＿＿＿＿＿＿＿＿＿＿＿＿＿＿＿＿